Frech wie
Ottokar

Eulenspiegel

ISBN 978-3-359-01682-3

Umschlaggestaltung: Verlag
unter Verwendung eines Motivs von Karl Schrader
Druck und Bindung: CPI Moravia Books GmbH

Ein Verlagsverzeichnis schicken wir Ihnen gern:
Eulenspiegel · Das Neue Berlin Verlagsgesellschaft mbH & Co. KG
Neue Grünstr. 18, 10179 Berlin
Tel. 01805/30 99 99 (0,14 Euro/Min.)

Die Bücher des Eulenspiegel Verlags
erscheinen in der Eulenspiegel Verlagsgruppe
www.eulenspiegel-verlag.de

Wie sich ein braver Schüler verhalten muß

Auf die Schule hab ich mich so richtig gefreut, weil mich meine Eltern, Tanten und andere Verwandte darauf vorbereitet haben. Zum Beispiel sagten sie immer wieder folgenden halben Merksatz: „Komm du erst zur Schule, dann ..."

Ich konnte mir danach leicht ausrechnen, was dann folgen würde. Dann darf ich nicht mehr so frech sein, meine Sachen nicht mehr so eindrecken, meine Schwester nicht mehr so ärgern, Oma nicht nachäffen, überhaupt nicht mehr zu den Großeltern sagen: „Ihr seid zu alt. Kommt ihr erst mal in den Kindergarten, dann reden wir weiter."

Wenn es nach der Oma gegangen wäre, dann hätte ich den ganzen Tag grüßen und bitte und danke sagen müssen, bloß weil sich das schöner anhört als mein Rummaulen, und Opa wollte dauernd Hammelbeine langziehen, aber wo und wie, hat er nicht gesagt. Einmal hab ich es versucht beim Hammel vom Herrn Stunk. Den hat er immer angebunden. Ich zog von hinten, der Hammel fiel auf die Schnauze, und der Herr Stunk drohte hinter mir her und berichtete es meinem Vater. Der glaubte nicht, daß der Opa das angeordnet hat.

Auch vor den Lehrern hatte ich keine Angst, als ich in die Schule kam. Es gab dort sowieso mehr Lehrerinnen als Lehrer. Naja, manchmal lachten sie sogar ein bißchen, das war schon zum Gruseln. Aber sonst guckten sie wie im Kino, na eben wie Aufseher, Dompteure und Polizisten, also ganz normal, so wie meine Tante Anna, als ich in ihr Gebißglas einmal Regenwürmer reinlegte. Ihre Beißerchen glänzten danach richtig und waren blitzblank sauber.

„Wenn du in die Schule kommst, dann darfst du nicht so vorlaut sein, mußt schön brav sitzen und alles tun, was die Lehrer sagen, darfst nicht widersprechen und nicht das letzte Wort haben wollen."

Die Erwachsenen betonten das so, als ob das anstrengend wäre. Damit konnten sie mir auch keine Angst einjagen. Wenn die anderen Kinder brüllten „hier, hier, hier" und „ich weiß es" und „ich, ich, ich", und auf und ab wippten und mit den Händen in der Luft rumfuchtelten, dann blieb ich schön brav sitzen und sagte nichts; denn ich wollte nicht vorlaut sein. Und widersprochen hab ich auch nicht, wenn die Lehrer unbedingt recht haben wollten.

Als einmal eine kaputte Lehrerin in der Stunde aufschrie: „Ich werd noch ganz verrückt mit euch!", da hatte ich doch keinen Grund, ein letztes Wort zu sagen. Wenn zum Beispiel ein Lehrer laut fragte, ob ich verstanden habe, und wenn ich darauf „ja“ geantwortet hätte, dann hätte ich doch wieder das letzte Wort gehabt. Diese Schande wollte ich mir und meiner Mutter nicht antun.

Ich hab mich von der 1. Klasse an daran gehalten, alles zu tun, was die Lehrer von mir verlangten. Wenn die Frau Seidenschnur rief: „Ottokar, hier ist die Tafel, nicht dort draußen!“, dann mußte ich ihr schon recht geben. Dort draußen, wo es manchmal Interessantes zu sehen gab, war tatsächlich keine Tafel. Durch den Zuruf wußte ich endlich, wo die Tafeln sind und brauchte nicht lange darüber nachzudenken. Ich schaute immer auf die Tafel, bis die Frau Seidenschnur mein Köpfchen ganz sanft runterdrückte und sagte: „Hier ist dein Heft, du hast ja noch gar keine A’s geschrieben.“ Auch das stimmte, da malte ich eben A’s, und kein Aas konnte mir vorwerfen, ich würde nicht das tun, was die Lehrer gerade wünschten. Am liebsten hätte ich ja weiter zum Fenster rausgeschaut.

Oder wenn ein Lehrer zu mir sagte: „Sprich lauter, ich versteh kein Wort!“, dann sprach ich so laut, daß er sich die Ohren zuhielt und sagte, er sei doch nicht taub. Woher soll ein Schüler das wissen? Meine Mutter schreit dem Vater auch manchmal was zu, meistens Wünsche. Der stellt sich dann sehr gern taub. Ich kann mich gar nicht taub stellen, weil mir meine Mutter jeden Tag in die Ohren schaut, ob sie nicht verstopft sind.

Es gibt ja auch höfliche Lehrer wie den Herrn Brummbär Burschelmann. Wenn ein Mädchen wie die brave Bärbel etwas vor sich hinpiepst, legt der Herr Burschelmann seine große Flosse ans Ohr und knurrt zurück: „Ich bin kein Beichtvater. Alle wollen hören, was du zu sagen hast!“ Da irrt sich der Herr Burschelmann. Alle wollen das gar nicht hören. Und wenn der Herr Burschelmann schlecht hört, dann muß ihm seine Frau eben auch jeden Tag die Ohren auspopeln.

Diese Beispiele sagen doch genug, wie schwer es ist, es allen Lehrern recht zu machen. Das Fräulein Bella Kohl kommt in die Klasse und schreit schon an der Tür: „Fenster zu, es zieht!“ Das Fräulein Heidenröslein reißt danach die Fenster auf und sagt, eine Luft ist das hier, nicht auszuhalten. Der Herr Luschmil verkündet danach, daß er erkältet ist, und ob wir ihn noch kränker machen wollen. Die meisten hätten nichts dagegen, wir schließen trotzdem die Fenster, bis der Herr Kurz eintritt. Er betunscht sich gleich mit einem duftigen Papierchen und fragt uns beim Durchgang, was wir vom Waschen halten. Dem widerspricht keiner, auch nicht ich. Nur der Schweine-Sigi. Er lüftet gleich und ruft uns zu: „Gehts euch jetzt besser?“ Er meint aber nicht uns, sondern den Herrn Kurz. Uns gehts immer gut, der Frau Seidenschnur gehts auch gut, dem Herrn Sportlehrer Stramm noch besser, er raucht sich gesund, dem Herrn Burschelmann ist es egal, welche Lüfte wehen, er will nur wissen, was wir Schlawiner drauf haben. „Ottokar, an die Tafel!“

Mir geht es dann nicht mehr ganz so gut. Aber man darf sich das nicht anmerken lassen. Ich schreite dann freudig auf sie zu, weil ich den Lehrern jeden Wunsch erfülle, nicht widerspreche und das letzte Wort ihnen überlasse. So muß sich eben ein braver Schüler verhalten.

Eine gefährliche Waffe

Die wichtigste Waffe unserer lieben Lehrer sind die Noten.

Sie haben eine Zauberkraft. Sagt man zu Hause, heute bekam ich eine Eins, dann schreit die Mutter gleich: Nein, es ist nicht wahr, und sie muß es gleich sehen. Erst dann glaubt sie es. Und es ist eine Stimmung wie bei einem Freudenfest.

Sagt man aber zu Hause, heute hab ich eine Vier bekommen, dann ruft die Mutter, daß sie sich so was schon denken kann, und sie will sie gar nicht erst sehen. Eine Vier glaubt sie gleich, und es ist eine Stimmung wie an dem Tage, wenn Tante Anna zu Besuch kommt.

Bei Schweine-Sigi wirkt eine Vier wie im Märchen Knüppel-aus-dem-Sack, bei meinem Freund Harald dagegen ganz anders. Sein Vater hält meistens eine lange Rede und spricht, daß er sich jetzt als Schulrat nicht mehr auf der Straße oder in der Schule blicken lassen darf, weil alle Leute denken, er kann nicht richtig erziehen. Alle Leute denken das nicht, aber unser Herr Lehrer Luschmil ganz bestimmt. Denn er glaubt, ein Schulratskind wie Harald muß sich auch wie ein Schulrat benehmen.

Für unsere lieben Lehrer ist es auch nicht leicht, diese gefährliche Waffe richtig zu gebrauchen. Ich kann mir denken, daß manche Lehrer schon gar nicht mehr schlafen können, weil sie immerzu an diese Waffe denken müssen, und sie hat manchem wilden Knaben oder stillen Mädchen ein Leids angetan.

Wenn zum Beispiel unser Herr Kurz eine Arbeit zensiert, sagen wir, von einem Mädchen, dann packt unseren Herrn Kurz wegen des zarten Geschlechts ein Mitleid, und schon ist er milder. Oder wenn unser Herr Burschelmann mein Heft entdeckt, dann lacht er gleich grimmig und spricht: Da ist er ja! Und seinem scharfen Adlerblick entgeht nichts.

Daran sieht man, wie schwer es ein Lehrer hat und woran er beim Zensieren denken muß. Er hat es viel schwerer als zum Beispiel ein Kampfrichter. Ein Kampfrichter braucht nur zu messen, wer am schnellsten rennt oder am weitesten wirft oder am höchsten springt. Dieser bekommt die meisten Punkte, und das ist soviel wie eine gute Zensur. In der Schule ist das ganz anders. Wenn ich zum Beispiel am schnellsten mit den Aufgaben fertig bin oder beim Singen am höchsten trällere, dann ist meine Zensur nicht immer gut.

Ein Lehrer hat es auch viel schwerer als zum Beispiel ein Preisrichter. Ein Preisrichter nimmt seine Liste, in welcher alle Preise drinstehen, und geht damit in den Konsum oder zum Bäcker oder zum Fleischer. Wenn die Verkäuferinnen nervös werden, dann bleibt er länger, und mit seiner Liste entdeckt er gleich jeden Schwindel. Ein Lehrer dagegen hat nur für Deutsch-Diktat und Mathematik und für Sport so eine Liste. Er braucht nur die Fehler zusammenzuzählen, und gleich weiß er, was für eine Zensur rauskommt.

Aber was nutzt die beste Zensurenliste, wenn unsere Lehrer undeutlich sprechen oder verschiedene Mundarten haben. Wenn zum Beispiel der Herr Burschelmann diktiert, dann spricht er folgenden Satz so aus: „Plötzzzlich kaaam aiiinnn bissiegeeer Hunnnt, habt ihr?“ Herr Burschelmann spricht meist sehr deutlich, und man weiß genau, was man anders schreiben muß. Wenn aber Herr Luschmil diktiert, dann geht es viel schneller und klingt so: „Blötzligammeinbißcherhunt.“ Und so kommt es, daß manchmal ein Lehrer vor einem großen Rätsel steht und fragt, wieso die eine Klasse wenig und die andere Klasse viele Fehler gemacht hat. Und sie werden manchmal raten müssen bis an ihr Lebensende.

Auch ein Richter auf dem Gericht hat es leichter als unsere Lehrer. Wenn zum Beispiel ein Verbrecher geschnappt wird, und er hat, sagen wir, fünfmal geklaut, dann weiß der Herr Richter ganz genau, wieviel man ihm aufbrummen muß. Aber weil der Herr Richter Angst hat, daß er sich irren könnte, fragt er lieber gleich noch einige andere Richter oder auch Schöffen genannt. Und sie suchen dann meistens nach der mildesten Strafe, um dem Verbrecher zu zeigen, daß man es gut meint. Auch darf der Verbrecher am Schluß sagen, ob er damit zufrieden ist.

Im Gegensatz dazu stehen unsere Lehrer ganz allein und haben keinen Helfer beim Richten. Auch sagen sie, je strenger, desto besser. Und sie fragen nicht, ob wir mit der Vier oder Fünf zufrieden sind.

Es gibt auch verschiedene Ereignisse, welche unsere Zensuren verschlechtern oder vergüten. Wenn zum Beispiel Frau Seidenschnur in der sechsten Stunde zu uns kommt, und sie hat schon tolle Kopfschmerzen, dann ist Frau Seidenschnur mit unseren Leistungen nicht so zufrieden wie in der ersten Morgenstunde, wo man noch frisch ist. Oder: Herr Luschmil hat sich die ganze Nacht in seinem Bett gewälzt und schwer geträumt, sagen wir von mir. Da kann es passieren, daß ihn am nächsten Tag mein Anblick verärgert, und schon hat er mich erwischt, ausgerechnet dann, wenn ich schlecht vorbereitet bin. Es kann aber auch anders sein. Als zum Beispiel unsere Fußballmannschaft gegen Jugoslawien gewonnen hat, kam Herr Brettl wohlgemut in die Klasse und war ein milder Bio-Richter. Und so könnte man noch mehr Sachen aufzählen. Wenn wir zum Beispiel eine Fünf haben, dann teilt das der Herr Klassenlehrer sofort dem Vater mit. Wenn ich eine Eins bekommen habe, petzt er es nicht. Und so müssen manche Eltern auf diese Freude verzichten. Auch zensiert man auf dem ersten Halbjahreszeugnis strenger als auf dem zweiten, damit wir uns zusammenreißen.

Unser Herr Direktor Keiler sagt aber, es liegt immer an uns, und wir müssen mal darüber nachdenken. Dazu nennt er verschiedene Sprichwörter. Zum Beispiel: Ohne Fleiß kein Preis. Oder: Was du heute kannst besorgen, das verschiebe nicht auf morgen, zum Beispiel Schularbeiten. Das ist wahr. Das Schlimmste an den Zensuren ist, daß sie nicht ausgelöscht werden dürfen wie eine Gefängnisstrafe. Und man darf als Schüler keine Berufung einlegen wie bei einem Gericht. Deshalb bleibt uns armen Kindern nichts weiter übrig, als so viel zu lernen, bis wir nicht mehr wissen, was wir gelernt haben.

Wie man sich höflich verhält

Das meiste, was unsere Eltern und Tanten von ihrer früheren Schule noch behalten haben, das ist die Mahnung, wir müssen höflich sein. Deshalb muß man einmal untersuchen, wie es einem höflichen Schüler ergeht und was man von einem höflichen Erwachsenen lernen kann. Nehmen wir zum Beispiel das Grüßen.

Wenn ich morgens mit meinem Freund Harald zur Schule gehe und wir treffen unser Fräulein Heidenröslein, dann grüßen wir sie froh, und sie antwortet noch froher: „Guten Morgen, Jungs!“ Und sie fragt uns meistens, wie wir ausgeschlafen sind. Wir antworten gut oder schlecht, je nachdem, bei welchem Lehrer wir Hausaufgaben aufbekamen. Beim unhöflichen Herrn Burschelmann bekommen wir wenig Hausaufgaben, weil er uns in der Stunde ausquetscht wie eine Zitrone, und man schläft hinterher gut. Beim höflichen Herrn Kurz bekommen wir fast jeden Tag eine Masse Hausaufgaben in Deutsch, weil er uns in der Stunde öfter spannende Geschichte erzählt, zum Beispiel, wie er seine Frau gefunden hat und was sie Gutes kocht, wie der Herr Kurz die Masern bekam oder wie man Damen behandelt und andere komische Sachen. Wenn die Stunde um ist, sagt der Herr Kurz: „Jötzt haben wür wüder die Zeit verplömpert“, und deshalb gibt es ein paar Aufgaben mehr. Wenn man Glück hat, schaut er sie nicht nach, aber weil ich sein „Schwörenöter“ bin, muß ich immer mit seiner Gunst rechnen.

Es kann aber auch sein, daß wir am frühen Morgen schon dem Herrn Burschelmann begegnen. Wenn wir ihn grüßen, dann antwortet er: „Moin!“ Und er fügt hinzu, daß ihm erst eine schwarze Katze übern Weg gelaufen ist und jetzt wir. Und ein Unglück kommt selten allein. Der unhöfliche Herr Burschelmann macht sich aber nichts daraus, wenn wir lachen müssen. Das gefällt ihm besser als Heulen, und er mag die Angsthasen und Zimperlieschen nicht. Einmal hat sich der Vater vom Pillenheini über den Herrn Burschelmann beschwert, weil der Herr Burschelmann nicht drumrum redet, sondern seine Gedanken ein bißchen bullerig ausspricht. Aber die anderen Elternteile haben den Herrn Burschelmann unterstützt, indem sie sprachen, er ist ein guter und gerechter Lehrer mit einem rauhen Bein. Das stimmt. Nur muß ich mich wundern, wieso ein Lehrer den Eltern auch seine Beine vorzeigen muß. Wenn wir Pech haben, dann treffen wir am frühen Morgen schon den Herrn Luschmil. Entweder weichen wir aus, oder wir grüßen. Einmal habe ich gerade darüber nachge dacht, was ich tun würde, wenn ich ein Grenzsoldat wäre und plötzlich ein Provokateur kommt und stänkert. Aber es war kein Provokateur, sondern nur der Herr Luschmil. Er fragte, ob ich nicht weiß, was sich gehört, und wartete auf das Grüßen. Seit dieser Zeit denke ich im Gehen nicht mehr an einen Provokateur, sondern lieber an den Herrn Luschmil und seine Eintragung im Klassenbuch. Denn ein höflicher Schüler muß grüßen und nicht denken.

Oder nehmen wir ein anderes Höflichkeitsbeispiel. Eines Tages mußte ich ins Sekretariat zu Frau Stichlein, um das Essengeld zu bezahlen. Als ich die Tür aufmachte, schrie mir Frau Stichlein höflich zu, was es gibt. Ich antwortete, daß ich bitte mein Essengeld bezahlen möchte. Frau Stichlein schrie höflich zurück, daß ich in der großen Pause kommen soll, und sie hat auch Nerven. Ich antwortete, daß wir in der großen Pause gleich zum Sportplatz müssen, und ich darf nicht nachkleckern. Denn es kann sein, daß mir allein unterwegs was passiert. Das ist verboten. Frau Stichlein schrie jetzt die höfliche Erwiderung, sie weiß selbst, was verboten ist, und sie hat jetzt keine Zeit. Darauf sprach ich zu Frau Stichlein, daß ich ihr einen Ärger ersparen möchte. Denn man muß immer pünktlich bezahlen. Auch wollte ich ihr erzählen, wie es war, als meine Eltern einmal verreisten und nicht pünktlich das Gasgeld bezahlt hatten. Aber Frau Stichlein schrie mir höflich zu, sie braucht meine Beispiele nicht, und ich soll endlich verschwinden. Deshalb ging ich; denn ein Schüler muß gehorchen und höflich sein.

In der Schule geht die Höflichkeit weiter, zum Beispiel im Unterricht. Hier gibt es gewöhnliche Tage und manchmal auch Tage der besonderen Höflichkeit. Das geht so vor sich. Wenn jemand an die Tafel muß, dann schreit unser Fräulein Bella Kohl: „Domma, an die Tafel!" Das ist ein gewöhnlicher Höflichkeitstag. Es kann aber auch sein, daß der Herr Direktor Keiler oder ein Schulinspektor oder eine andere gefährliche Person in der Klasse sitzt. Jetzt spricht Fräulein Bella Kohl: „Ottokar, möchtest du bitte einmal an die Tafel kommen?" Und ihre Stimme ist wie süßer Honig. Das ist ein Tag der besonderen Höflichkeit.

Bei den meisten Lehrern gibt es immer besondere Höflichkeitstage, bei manchen nur am Tag des Lehrers oder zum Geburtstag, und bei manchen Lehrern weiß man erst, wenn die Stunde anfängt, ob heute ein normaler oder besonderer Höflichkeitstag ist. Nur beim Herrn Burschelmann brauchen wir nicht zu raten; denn er ist immer gleich knurrig. Einmal hatte der lange Schücht ein großes Furunkel, und deshalb saß er dauernd schief. Als es der Herr Burschelmann sah, rief er, ob der lange Schücht vielleicht der schiefe Turm von Pisa ist. Wir riefen nein, es ist ein Furunkel. Daraufhin ging der Herr Burschelmann gleich zu seinem Trabant und holte ein Kissen für das Furunkel. Daran kann man erkennen, daß aus dem Mund vom Herrn Burschelmann niemals eine Höflichkeit kommt, auch nicht, wenn er einen leidenden Schüler oder schiefen Turm sieht. Aber er hilft, deshalb ist fast keiner beleidigt.

Oder nehmen wir noch ein höfliches Beispiel. Wenn ein erwachsener Lehrer oder ein anderer Mensch durch eine Tür gehen möchte, dann muß der Schüler stehenbleiben und ihn zuerst reinlassen. Auch heißt es, der Jüngere läßt dem Älteren die Vortritte. Und ich mußte es schon einmal üben, und zwar beim Herrn Luschmil. Als wir einmal nach der Pause vor der Schultür antreten mußten, stand ich mit meinem Freund Harald ganz vorn.

Weil mein Freund Harald einen Monat älter ist als ich, sprach ich zu ihm höflich: „Bitte, nach dir.“ Mein Freund Harald antwortete ebenfalls: „Bitte, nach dir.“ Jetzt bin ich noch höflicher geworden und sprach: „Bitte, nach Ihnen.“ Aber mein Freund Harald erwiderte: „Danke, bitte nach Ihnen.“ Und so ging es vielleicht noch zwanzigmal, bis es unserem Herrn Burschelmann zuviel wurde. Er gab uns beiden höflichen Schülern einen kleinen Schubs, und schon waren wir drin. Daran kann man erkennen, daß Höflichkeit eine Zierde ist, aber manchmal geht es mit einem Schubs schneller.

Wie man unsere Zeugnisse sieht

Zeugnisse hab ich für mein Leben gern, besonders Halbjahreszeugnisse, weil man da im Mittelpunkt steht und die Eltern sich Zeit nehmen, mit einem zu diskutieren. Sonst reden sie ja auch mit mir, aber nicht so gründlich. Sie können den Zeugnistag kaum erwarten und sind im Gegensatz zu mir furchtbar aufgeregt. Ich bin nur neugierig darauf, ob sich meine Lehrer nicht wieder geirrt haben. Mir gefällt an den Lehrern, daß sie auch nicht alles richtig machen, und wenn sie das einsehen, gefallen sie mir noch besser.

Die Zeugnisbetrachtung geht in fünf Verarbeitungsstufen vor sich. Zuerst vergleichen die Eltern die neuen Zensuren mit den alten vom vorigen Jahr und früher. Dabei nicken sie oder wackeln mit dem Kopf hin und her, je nachdem. Dann folgt die erste Einschätzung mit den Wörtern „naja" oder „nanu!" Beim „Nanu!" schließen sich solche Sätze an wie: „Schämst du dich nicht, eine Drei in Rechtschreibung?" oder „Wieso hast du dich in Biologie verschlechtert?"

Diese Fragen kann ich ganz leicht beantworten, indem ich darauf hinweise, daß einige Schüler noch schlechter sind als ich. Statt daß mich die Eltern für diesen richtigen Hinweis loben, schauen sie mich erzieherisch an und sagen: „Du sollst dich an den besseren Schülern orientieren, nicht an den schlechteren!" Die Mutter seufzt dazu und schämt sich für mich, der Vater nicht so sehr. Er ruft mir bloß zu: „Die Drei muß weg!" Das ist die erste Verarbeitungsstufe.

Nachdem die Eltern mein Zeugnis mit dem meiner Schwester verglichen haben und Unterschiede feststellten, gehen sie zur zweiten Verarbeitungsstufe über. Meine Mutter macht dann meistens den Anfang, indem sie zum Beispiel sagt: „Du wirst jetzt jeden Tag ein Diktat üben, hörst du?!" Der Vater gibt noch eins drauf, damit ich merke, daß auch er erzieht: „Und mit der Gammelei hört das jetzt auf, sonst ..." Er wußte nicht gleich, was sonst passiert, aber es wird ihm schon noch was einfallen. In Biologie wußten die Eltern nicht so gut, was mir hilft. Ich sagte, sie müssen sich deswegen keine grauen Haare wachsen lassen. Wenn's wärmer wird, zieh ich wieder an.

Die dritte Zeugnisverarbeitungsstufe ist schon schwerer zu verkraften. Da geht es um die Kopfnoten. Daraus entstehen die Wenn-dann-Sätze. Zum Beispiel: „Wenn deine Zensur in Betragen nicht besser wird, dann fährst du mit uns nicht in Urlaub!" Es half auch nichts, daß ich den Eltern erklärte, die Drei hab ich bloß wegen Herrn Kurz bekommen, weil der mich nicht ausstehen kann. Meine Mutter antwortete, darum muß ich mich erst recht zusammenreißen.

Ich riß mich in den ersten Ferientagen zusammen. Meine Eltern bekamen ein Mitleid und nahmen mich ins Erzgebirge mit. Wahrscheinlich haben sie sich gedacht: Lassen wir Ottokar zu Hause, wissen wir nicht, was er anstellt. Bleibt er bei uns, dann wissen wir es.

Die vierte Verarbeitungsstufe vollzieht sich in der Schule. Da gibt es verschiedene Möglichkeiten, zum Beispiel das Patenschaftswesen. So bekam die brave Bärbel den Auftrag, mir in Biologie zu helfen. Die Bärbel war sehr stolz darauf und fragte mich: „Wo bist du am schwächsten?“ Ich sagte, eigentlich fühl ich mich körperlich gar nicht schwach, wir können ja einmal ringen. Aber wenn du Biologie meinst, dann an mehreren Stellen, zum Beispiel in der Wurmkunde. Bärbel guckte wie eine Lehrerin: „Blattwürmer oder Rundwürmer?“ – „Naja“, sagte ich, „eigentlich überhaupt, ich ekle mich nämlich vor Würmern.“ Die Bärbel fing gleich an zu lehren: „Du mußt das wissenschaftlich sehen.“ –

„Weißt du, Bärbel“, sagte ich, „am besten ist, wenn ich nachmittags zu dir nach Hause komme.“

Ich habe mich gut darauf vorbereitet, und der Schweine-Sigi half mir bei der Beschaffung von Anschauungsmitteln. Bärbel hatte mich schon erwartet. Wir setzten uns in eine Laube mit Eckbank und Kissen. Auf dem Tisch lag ein sauberes Tischtuch und eine Schale mit Waffeln. Die Bärbel hatte schon einige Bücher bei sich und ein Diarium. Ich sagte, ich hab auch was mitgebracht, und legte verschiedene Schachteln um die Waffeln. Dann öffnete ich die erste Schachtel und zog einen langen Regenwurm heraus. Er kringelte sich, wahrscheinlich wegen der Sauberkeit.

„Ist das der Eiseniella tetraedra oder der Lumbricus terrestris?“ fragte ich die Bärbel. Sie sah verekelt auf meinen schönen Wurm und sagte streng: „Bitte nimm den vom Tisch!“

„Na, dann nicht.“ Ich packte meinen fetten Regenwurm wieder ein und öffnete die nächste Schachtel. „Und hier hab ich einen sehr schönen Peitschenwurm aus der Familie der Trichuridae, ein Geschenk vom Schweine-Sigi. Meine Frage: Kommt der auch im Menschendarm vor?“

Da kriegte die Bärbel eine weiße Nase und rannte weg. Was lehrt uns das? Das lehrt uns: Ein Lernpate ist ja nicht schlecht, aber selbst lernen ist besser, schon um den Paten zu ärgern. Schade, ich hätte der Bärbel gern noch ein paar Blutegel gezeigt, ein Bandwurm war leider nicht mehr auf Lager.

Also mit dem Patenschaftswesen klappte es bei mir nicht ganz so, seitdem bekomme ich auch keine Paten mehr.

In der fünften Verarbeitungsstufe wird bei schlecht lernenden Schülern das Elternaktiv eingesetzt. Bisher gab es nur eine körperliche Verletzung, nämlich als beim Anmarschieren des Aktivs die giftige Frau Speckmann den Hund losließ.

Das schlimmste ist aber, wenn der Mensch nach seinem Zensurendurchschnitt eingeschätzt wird, zum Beispiel bei Bewerbungen um eine Lehrstelle. Ich weiß das von der Saxafonia Brunsig. Sie wollte Frisör werden, und auf ihrem Zeugnis stand auch, daß sie sehr geschickt ist. Weil aber so viele Mädchen Frisöse werden wollen, schaute der Lehrlingsauswähler Saxafonias Zeugnis der 9. Klasse besonders streng an und sprach: „Mit dem Durchschnitt und der Drei in Deutsch spielt sich nischt ab." Ich sagte zur Saxafonia, sie solls doch mal in einem Hundesalon probieren. Da braucht sie nicht zu reden, sondern nur zu bellen. Aber das wollte sie nicht, und so blieb ihr nichts anderes übrig, als ein Lehrling für Schreibtechnik zu werden. Da kann sie später ihre geschickten Finger auch anwenden.

Deshalb muß ich mich langsam auf einen sehr guten Durchschnitt einrichten. Jetzt steh ich auf 2,4, nur wegen der guten Vier im Singen und der schlechten Drei in Biologie. Wenn es in Mathematik und Geschichte eine Null als beste Zensur gäbe, wär ich aus dem Schneider. Aber so kann ich rechnen, wie ich will, mehr als 2,1 kommt bei weiteren Verbesserungen nicht heraus, und davon kann vielleicht abhängen, ob ich im Sommer ins Betriebsferienlager mitfahren darf oder nicht. Denn wer weiß, ob man nicht plötzlich auf die Idee kommt, nur die besten Durchschnitte für die Ferienlager zuzulassen. Dann seh ich alt aus.

Was lehrt uns das? Das lehrt uns: Zensuren müssen sein, damit man weiß, woran man ist, und die Lehrer richtig abrechnen können. Je mehr Einsen, desto weniger Sitzenbleiber. Das zählt. Unser Klassenlehrer, der Herr Burschelmann, meint zwar, der Mensch ist das wichtigste. Aber was nutzt das, wenn es Menschen gibt, die uns nur als eine Rechenaufgabe ansehen?

Wann und wie darf ein Schüler lachen

Das Lachen in der Schule gehört zu den schönsten Vorkommnissen im Leben eines Schülers. Man kann das Lachen in drei Abteilungen einteilen:

Erstens das normale Schülerlachen,
zweitens das unfreiwillige Schülerlachen
und drittens das verbotene Schülerlachen.

Einer, der nicht mehr zur Schule geht, denkt vielleicht, Lachen ist Lachen, aber da irrt er sich mächtig, und ich werde das an einigen Beispielen erklären.

Das normale Schülerlachen ist am häufigsten, und

es entsteht meist von ganz allein. Als Schüler können wir über alles lachen, zum Beispiel über Witze, Blödheiten, Versprecher, Fratzen, doofe und lustige Antworten, auch über Tintenkleckse, öffentliche Kleidungsstücke, ulkige Figuren beim Sport, Witzzeichnungen, nackichte Fotos, Liebesbriefchen und Liebespärchen, Kaugummiblasen, manche Bücher und Filme, schlafende Schüler, Affen im Tierpark, Clowns oder auch über moderne Damen und Lackaffen, über komische Stimmen, betrunkene Werktätige, Aprilscherze, Gesellschaftsspiele, beim Faschingsfest und überhaupt, wenn die Erwachsenen sich wichtig machen und angeben. Manchmal lachen wir, wenn wir ausgeschimpft werden, damit keiner merkt, wie es uns ärgert. Die Mädchen lachen oft nur so dahin und wissen gar nicht, warum. Es genügt schon, wenn sie sich bloß angucken. Man bezeichnet dies auch als albernes Lachen, und es entspricht nicht dem hohen Lachniveau.

Das normale Lachen muß man vom Auslachen unterscheiden. Das Auslachen ist pioniergesetzlich verboten, macht aber Spaß. Auch ist es nicht immer leicht, zwischen diesen beiden Lacharten zu differenzieren, wissenschaftlich ausgedrückt. Wenn man nicht genau weiß, ob jetzt ein erlaubtes oder ein verbotenes Lachen dran ist, braucht man nur zu gucken, ob der Pionierleiter oder der Lehrer mitlachen muß. Wenn ja, dann ist man gesetzlich geschützt, wenn nein, dann kann man immer noch durch die Nase lachen. In diesem Falle ist es aber angebracht, ein sauberes Taschentuch bei sich zu haben, sonst vergeht auch dem lustigsten Lehrer die Lache.

Das unfreiwillige Schülerlachen, auch künstlerisches Lachen genannt, hat große Bedeutung für die Aufrechterhaltung der Lehrerstimmung. Das künstlerische Lachen haben die Erwachsenen als schlechtes Vorbild erfunden und ist meistens ganz schön falsch. Dazu ein Beispiel:

Wenn der Herr Lehrer Kurz in unsere Klasse kommt, dann ist es besser, wir stellen uns auf einen ernsten Gesichtsausdruck ein. Der Herr Kurz spricht immer sehr gebildet und wissenschaftlich, und in der Wissenschaft sind dumme Witze nicht erlaubt. Aber manchmal hat auch der Herr Kurz einen Tag, an dem er lustig sein möchte. Das geht so vor sich. Er kommt in die Klasse, zeigt ein künstlerisches Lächeln und spricht sehr schön hochdeutsch: „Und nun wollen wir einmal eine Blüte der Wissenschaft anhören, was sie uns und der Nachwelt zu sagen hat." Er ruft dann meistens den armen Schweine-Sigi auf. Das ist für manche Schmeichler und Kratzer das Zeichen, dem Herrn Kurz zuzulachen, und der Herr Kurz freut sich, wie es ihm gelungen ist, wenigstens einige Schüler fröhlich zu machen. Wer nicht mitlacht, ist die nächste wissenschaftliche Konifäre oder so was Ähnliches.

Ich war auch einmal ein Auserwählter, nämlich als

wir unsere Klassenarbeiten zurückbekamen. Der Herr Kurz sprach lobend zu mir: „Auch ein blindes Huhn findet mal ein Korn“, und ich antwortete dankend: „Und ein alter Gockel muß Federn lassen!“ Alle lachten, aber das war schon ein verbotenes Lachen. Denn der Herr Kurz fragte gleich streng, wie ich das meine. Ich sagte, biologisch, damit er mir nichts anhängen konnte.

Es kommt auch vor, daß manche Lehrer ein richtiges Witzchen machen. Trotzdem muß man dabei vorsichtig sein und darf nicht an der falschen Stelle lachen.

Das verbotene Schülerlachen tritt meistens dann in Erscheinung, wenn es nichts zu lachen gibt. Und das passiert öfter. Aber manchmal kann man sich auch täuschen. Dazu ein weiteres Beispiel:

Wenn ich Witzzeichnungen sehe, muß ich immer lachen, weil die Figuren so ulkig sind. Manchmal schneiden wir sie aus und kleben sie im Flur an die kritische Wandzeitung. Gestern stand ich wieder davor und habe mich über eine Figur halb kaputt gelacht. Ich sagte zu meinem Freund Harald: „Guck mal, der da sieht aus wie der Herr Burschelmann. So ein Bauch und so eine Knollennase!“ Der Harald hustete und gab mir einen Tritt von der Seite. Ich dachte, es ist Freude, und fuhr fort: „Und die Hosen sind genauso verbeult wie beim Herrn Burschelmann!“ Der Harald fing plötzlich leise an zu singen:

„Paß auf, paß auf, sonst gibt's was drauf!“ Ich dachte, er besingt die Knollennase und ergänzte meine Bildbetrachtung: „Wenn ich jetzt noch eine Brille dranmale, dann ist es ganz der Herr Burschelmann!“

Da sprach hinter mir eine tiefe Stimme: „Darf ich dir meinen Filzstift dazu leihen?“ – Es war tatsächlich der Herr Burschelmann. Ich wollte mich schon entschuldigen, aber da geschah etwas Seltsames. Der Herr Burschelmann malte selbst die Brille auf die Witzfigur und danach lachte er, daß sein Bauch nur so wackelte.

Aber das hatte noch ein Nachspiel. In der Mathestunde tauchte plötzlich der Herr Direktor Keiler auf. Er hatte die Witzzeichnung in der Hand und fragte: „Wer war das?“ Auf die Figur wurde nämlich inzwischen noch ein Schnurrbart gemalt, und jetzt sah sie aus wie der Herr Direktor persönlich. Ich wollte nicht, daß der Herr Burschelmann reinfällt, und meldete mich gleich als der Täter. Da sprach der Herr Keiler zum Herrn Burschelmann: „Na, das erledigen Sie wohl am besten selbst!“ und ging. Der Herr Burschelmann rief: „Ottokar, dein Tagebuch!“ Ich war ganz erschrocken, denn nie hätte ich dem Herrn Burschelmann zugetraut, daß er mich dafür auch noch bestraft. Als ich dann nachschaute, hätte ich beinah ein bißchen geheult, aber ich riß mich zusammen. Nur dem Harald zeigte ich, was der Herr Burschelmann hineingeschrieben hatte, nämlich diesen Satz: „Lob und

Dank für Dein kameradschaftliches Verhalten!" Harald bekam auch schon rote Augen, und so können wir sagen, daß wir schon lange nicht mehr so fröhlich waren, aber mehr nach innen. Die anderen in der Klasse freuten sich jetzt auch – aber mehr aus Schadenfreude.

Der Tag, als das Gedicht dran war

Zu meinen besten Freunden gehören der Harald und der Schweine-Sigi. Beide sind zwar gegensätzliche Typen, ich meine im Charakter und überhaupt, aber wenn es solche nicht gäbe, wäre das Leben langweilig, und die Schriftsteller, Lehrer und andere Schauspieler wüßten nicht, was sie tun sollten.

Der Harald zum Beispiel ist ein sehr guter Schüler. Er begreift ziemlich leicht, und weil er das weiß, ist er manchmal wochenlang faul wie ein Strohsack. Dann klotzt er plötzlich ran, produziert schnell für jedes Fach ein paar Einsen und ist aus dem Schneider. Sein Lebensspruch lautet: „Fleißig ist nur, wer zu faul ist zum Denken!"

In den Pionierversammlungen hält er Vorträge über Ordnung und Disziplin, und er prügelt sich auch ganz gern. Doch zuvor überlegt er, ob es eine positive oder negative Prügelei ist. Aber wie ich den Harald kenne, kann er jeden so lange aufstacheln, bis daraus eine positive Prügelei entsteht.

Der Schweine-Sigi ist im Gegenteil zum Harald kein sehr guter, dafür ein beständiger Schüler. Er spricht: „Die Drei ist die Eins des kleinen Mannes!“ Schafft er doch einmal eine Zwei, macht er sich Gedanken, wie er aus dieser Situation wieder herauskommt. Denn nach seiner Meinung ist es leichter, eine gute Zensur zu erreichen, aber schwerer, sie zu halten. Das ist wie in der Produktion. Deshalb bleibt er lieber ein beständiges Mittelmaß.

Für seine kleine Figur hat der Schweine-Sigi ziemlich große Ohren. Sie haben aber die schöne Eigenschaft, daß er sie auf Durchzug stellen kann. Deshalb kann den Sigi so leicht nichts aus der Ruhe bringen. Solche Menschen muß es im Leben auch geben. Sie eignen sich als Blitzableiter und haben schon manchem Chef und anderen Vorgesetzten zu einer Kur oder zu einem Nervenschock verholfen.

Zwischen diesen beiden Exkrementen bin ich so was wie ein ausgleichendes Element. Aber manchmal kommt es anders, als man denkt, und das möchte ich an einem Erlebnis schildern.

Es passierte vorige Woche. Wir sollten beim Herrn Kurz ein Gedicht lernen. Zwei Schüler lernten es nicht; der Harald, weil er wieder einmal zu faul war, und der Sigi aus Angst, daß er eine bessere Zensur kriegen könnte, als er braucht. Außerdem wußten sie, daß sie der Herr Kurz zum Gedichtaufsagen sowieso nicht drannimmt. Den Harald nicht, weil er schon drei Einsen im Klassenbuch stehen hat. Das reicht fürs Quartal. Und den Sigi ruft er auch nicht auf wegen seiner schlechten Aussprache, wovon dem Herrn Kurz immer ganz übel wird. Damit sie trotzdem keinen schlechten Eindruck hinterlassen, melden sich beide bei Kontrollen und Wiederholungen wie verrückt, so auch diesmal.

An diesem Tag kam aber mit dem Herrn Kurz eine fremde Frau mit in die Klasse. Sie trat sehr stolz auf und war vielleicht eine Vorgesetzte, wenn nicht noch mehr. Denn der Herr Kurz rückte ihr einen Stuhl zurecht und machte dazu ein süßes Gesicht. Auch sprach er uns mit „liebe Kinder“ an. Da wußten wir, daß der Herr Kurz in einer schwierigen Lage war, und wollten ihn in dieser schweren Stunde nicht im Stich lassen. Lehrer sind auch Menschen und nicht nur Unterrichter.

Als der Herr Kurz fragte, wer das Gedicht vortragen möchte, da meldeten sich viele, auch Harald und Schweine-Sigi. Aber der Herr Kurz rief erst unsere beste Schülerin, nämlich die brave Bärbel Patzig. Die Bärbel stolzierte zur Tafel und sagte mit gehobenem Kopf das Gedicht auf. Dabei ging sie mit der Stimme mal rauf und mal runter und betonte sehr schön, besonders das T. Der Herr Kurz machte dabei seine

Augendeckel zu und sah ganz glücklich aus. Er nahm danach noch drei Lieblingsschülerinnen dran, die den Herrn Kurz ebenfalls glücklich machten.

Auch die fremde Frau saß da wie in einem Konzert, und sie nickte nach jedem Gedicht. Da dachte der Herr Kurz, das reicht, und er schrieb schon das neue Thema an die Tafel.

Aber auf einmal sprach die fremde Frau, der Herr Kurz möchte bitte noch ein bißchen warten, denn da haben sich zwei Jungen besonders eifrig gemeldet, und sie hätte sie gern noch gehört. Sie zeigte zuerst auf den Schweine-Sigi und dann auf den Harald.

Da wurde das Gesicht vom Herrn Kurz ganz blaß, später rot. So mußte der Schweine-Sigi nach vorn gehen. Als er sich verbeugte, lachten alle. Denn so was hat der Sigi noch nie gemacht, und er verbeugte sich wie ein Boxer im Ring, erst zu uns, dann zum Herrn Kurz und dann zu der fremden Frau. Dabei blies er die Backen auf. Der Herr Kurz verdeckte seine Augen und war schon ganz kaputt, bevor der Sigi überhaupt anfing.

Der Sigi fing aber noch nicht gleich an, sondern machte vorsichtshalber noch drei Verbeugungen, worüber wieder alle lachen mußten, und ich dachte: Armer Sigi! Wenn du wenigstens eine Strophe gelernt hättest, das reichte. Denn der Herr Kurz hätte daran so viel rumzumeckern, daß eine Stunde schnell vergeht. Weil ich Sigis Leiden nicht mehr mit ansehen konnte, flüsterte ich dem Harald zu, er soll endlich etwas zu Sigis Rettung unternehmen.

Weil aber der Sigi seine Ohren von Anfang an auf Durchzug geschaltet hat, behielt er rein gar nichts, nicht einmal die ersten zwei Zeilen. Deshalb gab er zur Verlängerung seines Auftritts noch eine Hustenprobe von sich.

Da sprang endlich mein Freund Harald auf und sprach: „Entschuldigen Sie, Herr Kurz, ich kann den Sigi verstehen. In der Pause hab ich von ihm das Gedicht abgehört, da konnte er es. Aber wenn die Mädchen dauernd so blöd kichern, dann könnte ich auch nicht sprechen." Der Harald hielt noch eine Rede über Ordnung und Disziplin. Der Herr Kurz schaute auf seine Uhr und auf die fremde Frau. Diese nickte wieder und da durfte sich der arme Sigi setzen, damit das neue Thema noch behandelt werden konnte. So ging die Stunde gut über die Runden.

Die Frau lobte am Schluß den Harald wegen seiner Kameradschaftlichkeit, dem Schweine-Sigi klopfte sie aufs Kreuz und sprach: „Nur Mut, mein Junge!" Zur Klasse sagte sie, daß sie fleißig mitgearbeitet hat, und mich fragte sie freundlich, warum ich mich zum Gedichtvortrag nicht gemeldet habe? Ich antwortete: Eigentlich melde ich mich nur, wenn ich nicht drankommen möchte. Das ist beim Herrn Kurz so."

Als die Frau draußen war, sah der Herr Kurz nicht mehr so glücklich aus, sondern sprach streng zu mir:

„Natürlich wieder der Domma! Der einzige, der uns blamieren mußte! Setzen, eine Fünf!"

Die Fünf schmeißt mich nicht um, die putz ich wieder weg. Und wenn ich das Gedicht beim nächsten Mal rückwärts aufsage. Viel schlimmer war, daß mir der Harald hinterher noch eine gerechte Prügelstrafe anbot und der Schweine-Sigi zu mir meinte: „Du bist vielleicht ein fauler Sack! Wir quälen uns da vorne ab, und du haust uns alle mit deinen blöden Antworten in die Pfanne!"

Das hat man davon, wenn man sich für notleidende Schüler einsetzt.

Was ich von meinen Eltern geerbt habe

Seit meiner Geburt bin ich mit meinen Eltern verwandt. Ihnen verdanke ich die Entstehung meines Lebens, meinen schönen Kopf und andere Ähnlichkeiten, zum Beispiel die Augen. Sie sind blau wie bei meiner lieben Mutter. Die Nase kommt mehr nach meinem Großvater und der Mund nach meinem Vater. Denn manchmal sagt die Mutter: „Du hast genau so einen großen Mund wie dein Vater!" Wenn ich mir noch einen Goldzahn hinten rechts zulege, sehe ich dem Vater zum Verwechseln ähnlich.

An meinen Eltern kann ich mir immer ein Beispiel nehmen. Mein Vater ist Bauarbeiter und als solcher ein Mensch mit guten Eigenschaften. Er trinkt gern Milch, Kaffee, Sahne, Bier, Bratheringssoße und manchmal auch ein Schnäpschen. Er gammelt nicht auf der Straße rum, und er schmeißt auch nicht mit Mörtel nach seinen Kollegen. Bei der Arbeit ist er fleißig und sehr streng. Seine Losung lautet: Ordnung muß sein! Wenn irgendwelche Geräte rumliegen oder wenn die Zeiten nicht eingehalten werden, zum Beispiel beim Frühstück, dann kneift er die Augen zusammen und ruft: „He, was seid ihr? Bauarbeiter oder Pastorentöchter beim Kaffeekränzchen?" Die meisten erinnern sich jetzt daran, daß sie keine Pastorentöchter sind.

Mein Vater achtet auch auf Sparsamkeit. Er borgt sich immer von mir ein kleines Oktavheftchen, das ich nie zurückbekomme. Darin macht er sich Notizen zur Arbeit. Er rechnet die verschiedenen Zeiten aus und den Materialverbrauch und die Einteilung der Arbeit und auch Fehler, die auf sein Konto gehen. Aber die gibt er nur zu, wenn er muß.

Im Rechnen war mein Vater schon immer gut, in Mathematik nicht so. Dafür hat er ja mich.

Manchmal feiert mein Vater mit seinen Kollegen ein Prämienfest. Sie trinken dabei Bier und diskutieren über Fußball. Wenn sie sich dazu noch ein Schnäpschen spendieren, dann kommt die Stunde der Wahrheit, und nachdem sie sich genug kritisiert haben, die Stunde des Vertragens. Mein Vater singt dann das schöne Lied „Es ist Feierabend“ oder so ähnlich, die anderen singen vielleicht mit oder auch nicht. Wenn mein Vater sehr gute Laune hat, singt er auch zu Hause. Ich schalte dann immer das Radio laut ein, damit die Vorübergehenden sich nicht erschrecken.

Zu Hause überraschen die Bauarbeiter nach der Prämie ihre Gattinnen mit einem Geschenk. Mein Vater breitet es aus, es sind meistens eine Schachtel Konfekt und eine Strumpfhose. Ich weiß nicht, warum er immer Strumpfhosen kauft, vielleicht weil er die Größe schon auswendig kann oder in diesen Artikel besonders verliebt ist. Bei großen Prämien, zum Beispiel am Jahresende, kommt er wie ein Weihnachtsmann an und überreicht jedem ein Geschenk oder mehrere. Manche sind sogar brauchbar.

Zu Hause ist es nie langweilig. Meine Eltern unterhalten sich abends oft über ihre Erlebnisse. Mein Vater berichtet über seine Kollegen und die Mutter, welche eine Verkäuferin ist, über ihre Kunden. Dabei lerne ich auch neue Schimpfwörter, zum Beispiel alter Zausel, Bremse, Schludrian, Kranheini, Sesselfurzer, Zimtzicke, Wetterhexe, Schreckgespenst, Stechfliege und andere. Manchmal kommt mein Vater ziemlich böse nach Hause. Er knurrt dann rum und zeigt, daß er bis zum Hals satt ist, und meine Mutter setzt ihm trotzdem ein gutes Essen vor und spricht dazu: „Ärgere dich nicht, morgen sieht alles anders aus, und laß dir nicht den Appetit verderben." Ißt der Vater viel, dann hat er seinen Ärger schon vergessen. Wenn mein Vater sehr wütend ist, zeig ich ihm schnell meine besten Zensuren von den letzten Wochen, dann geht es ihm auch wieder besser.

Es kann aber auch sein, daß ich selbst zu einer langen Unterhaltung im Elternhaus beitrage, zum Beispiel, wenn ich einen Tadel vorzeigen muß. Die Eltern reden dann auf mich ein, als wenn ich taub wäre. Darum laß ich bei Tadeln lieber die Oma unterschreiben. Über solche Widmungen im Tagebuch ärgere ich mich am meisten selbst. Ich finde es nicht schön von unseren Lehrern, daß sie die Unterschrift von den Eltern verlangen und damit auch ihnen die Laune verderben. Es genügt doch, wenn ich es weiß, und ich würde sogar versprechen, für die Senkung der Lehrertadel zu kämpfen.

Meine Mutter gehört ebenfalls zur Familie. Sie ist sogar zu Hause das Oberhaupt, obwohl sie kleiner ist als der Vater. Wenn die Mutter nicht wäre, ginge alles drunter und drüber. Sie achtet auf die Ordnung und Sauberkeit der Ohren und Fingernägel und überhaupt. Auch zum Vater muß sie manchmal sagen: „So kannst du nicht rumlaufen! Was denken die Leute von mir!" Die Leute denken bestimmt nicht schlecht von meiner

Mutter, denn sie ist sehr gütig und hilfsbereit und freundlich, sogar zu ekelhaften Kundinnen.

Eine heißt zum Beispiel Frau Beerlein. Man nennt sie auch Frau Schreckgespenst, das ist vielleicht ihr Künstlername. Obwohl sie nicht arbeitet, kommt sie immer in das Geschäft, wenn die berufstätigen Frauen einkaufen. Sie meckert erst rum, weil sie anstehen muß, und wenn sie dran ist, fragt sie dauernd: „Was wollte ich denn noch, was wollte ich denn noch?“ Und die Verkäuferinnen sollen jetzt auch noch für sie raten, was sie kaufen wollte. Die Frau Beerlein hat auch die Angewohnheit, alles zu beschnüffeln und anzufassen, und wenn Kinder im Geschäft sind, schiebt sie diese beiseite und schreit: „Ihr habt mehr Zeit als ich.“ Mir hat sie das auch einmal zugebrüllt, und als ich antwortete: „So viel Zeit zum Gammeln wie Sie hab ich nicht!“, bekam ich von meiner lieben Mutter eine Ohrfeige. Aber hinterher hat es ihr leid getan, und sie sagte zu mir: „Eigentlich war die Schote für die Frau Beerlein bestimmt, aber leider dürfen Verkäuferinnen die Kunden nicht verprügeln.“ Da hab ich meiner Mutter wieder verziehen und gesagt: „Wenn ich gewußt hätte, daß diese Ohrfeige für diese olle Mekkerin war, dann hättest mir ruhig zwei runterhauen können.“ Jetzt küßte mich meine Mutter und meinte: „So ist das manchmal im Leben. Prügel kriegen oft die falschen.“

Meine Mutter erzählte auch einmal von einer

Kundin, die Frau Schmitt-Langarm heißt. Ihr Gatte ist ein künstlicher Geiger oder so was. Und wenn die Frau Schmitt-Langarm mit dem Sauerkraut oder ihrem Gatten nicht zufrieden ist, schreit sie auch dämlich rum. Einmal sagte sie, ihr Gatte wird sich wegen der Belieferung beim Staatsrat beschweren. Meine Mutter hat an diesem Tag geweint, mein Vater meinte, sie soll sich nichts aus dieser Spinatwachtel machen, und ich habe, um meiner Mutter beizustehen, auf das schmutzige Auto der Frau Spinatwachtel ein schmutziges Wort geschrieben, nämlich Mistkarre. Aber das darf keiner wissen, sonst werde ich vielleicht auch noch beim Staatsrat angezeigt.

Zu Hause helfe ich meinen Eltern, indem ich Einkäufe erledige, im Winter heize, im Frühjahr im Garten vorharke, im Sommer baden gehe und im Herbst Pilze sammle. In Pilzen kenne ich mich ganz gut aus. Einmal traf ich den alten Herrn Josef im Wald. Ich zeigte in seinen Korb und sagte: „Herr Josef, das ist ein giftiger Pilz." Statt dankbar zu sein, antwortete der Herr Josef: „Du brauchst mich nicht zu belehren, ich kenne die Pilze besser als du!" Ich stritt noch eine Weile mit dem Herrn Josef, aber er glaubte mir nicht. Zu Hause hatte ich keine Ruhe und ging vor dem Abendbrot noch einmal zum Herrn Josef. Als ich nach Hause kam, fragte mich mein Vater streng: „Wo treibst du dich so lange rum, das Essen ist schon kalt!" Und ich durfte nur ein Stück

Brot essen und mußte zur Strafe gleich ins Bett. Später kam meine Mutter zu mir und fragte, was eigentlich los war. Ich sagte: „Da ist nichts mehr zu machen. Der Pilz war giftig!“ Meine Mutter erschrak, riß mich aus dem Bett und schrie dem Vater zu, er soll schnell kommen, und es muß was geschehen, sonst muß ich ins Krankenhaus. So schnell sah ich meinen Vater noch nie vom Fernseher aufspringen, und da wußte ich, daß er mich auch als hungernden Sohn noch liebt.

Als ich meinen Eltern die Geschichte erzählt habe, rannten sie gleich zum alten Herrn Josef. Aber es war zu spät. Die Katze vom alten Herrn Josef hat sich schon ausgekotzt. Der Herr Josef hat mir vielleicht doch ein bißchen geglaubt und die Pilze erst einmal der dummen Minka zu fressen gegeben. So kann man sagen, daß meine Eltern auch sehr hilfsbereit sind.

Überhaupt sind meine Eltern die besten Menschen, die ich in meinem Leben kennengelernt habe. Sie streiten sich nie, wenn ich dabei bin, sondern erst hinterher. Und am meisten über meine Erziehung. Deshalb will ich mir Mühe geben und meinen Eltern ein Vorbild sein, damit sie sich nicht mehr über mich aufregen müssen.

Glück und Ärger im Haus

In der Familie spielt die Oma eine wichtige Bedeutung.

Meine Mutter sagt öfter, es ist ein großes Glück, daß wir unsre liebe Oma zu Hause haben; mein Vater spricht manchmal dagegen und meint, es ist kein Glück. Es kommt aber auch vor, daß mein Vater in unserer Oma sein ganzes Glück sieht, und meine Mutter wird dann kränklich im Gesicht und denkt, der Vater liebt sie nicht mehr. In diesen Zeiten hat meine Mutter auch allerhand an unserer Oma auszusetzen, je nachdem, was passiert. Und es passiert eine Menge.

Jetzt will ich erst den Wert meiner lieben Oma beschreiben und warum sie meiner Mutter Freude und meines Vater ganzes Glück ist. Wenn zum Beispiel meine Mutter an einem kalten Tage von der Arbeit kommt und bibbernd in die Stube tritt, dann schreit sie meistens: Ach, wie ist es hier schön warm! Oma hat schon geheizt, was für ein Glück, daß wir die Oma haben! Und weil ich nichts dazu sage und mich lieber draußen herumtreibe, befiehlt mir meine Mutter, ich soll die Oma nicht ärgern und das Alter achten.

Meine Mutter wundert sich am Tage öfter, was für eine gute Oma sie entdeckt hat. Ist zum Beispiel schon das Essen gekocht oder die Wäsche gewaschen oder sonst was Dreckiges erledigt, dann schimpft meine Mutter auf die Oma hinein, weil sie sich nicht schont, und sie soll sich nicht so anstrengen und lieber im Sessel sitzen und fernsehen oder ein Buch lesen. Doch zeigte meine Mutter beim Schimpfen ein lachendes Gesicht. Wenn dagegen ich im Sessel sitze und fernsehe, dann schimpft sie auch, aber diesmal mit Falten.

Mein Vater zeigt seine Freuden über unsere Oma nicht so wie meine Mutter; denn ein Mann darf nicht gerührt sein. Wenn er in die Stube trampelt, dann sagt er bloß: Schön warm hier. Und meine Mutter fügt hinzu, es war die Oma. Wenn mein Vater am Abendbrottisch sitzt und knurrt, daß es ihm schmeckt, dann ist der Knurrer für meine Oma wie ein zartes Liebeswort, und sie rennt gleich mit der Schüssel herbei und füllt dem Vater nach. Wenn meine Oma Vaters Hemden gebügelt hat, dann sagt der Vater gar nichts, und er macht ein Zufriedenheitsgesicht. Wenn dagegen meine Mutter die Hemden bügelt, dann tadelt sie der Vater und spricht, du wirst das nie lernen, und sie soll lieber die Oma ranlassen. Meine Mutter sagt danach immer ganz spitzig, dann hätte der Vater eben unsere Oma heiraten sollen, und sie ist nicht seine Minna. Man nennt dies auch den Kampf der Frau für ihre Gleichberechtigung gegen die Herrschaft des

Mannes. Aber ich glaube, mein Vater hätte unsere Oma trotzdem nicht geheiratet; denn der Vater wäre für meine Oma zu jung und unerfahren.

Wenn mein Vater mit der Mutter und uns Kindern in die Ferien fährt, dann ist auch mein Vater meistens gerührt, und er spricht: Oma, du bist unser Goldstück, und räum nicht meinen Schreibtisch auf, da liegen meine Briefmarken. Von meiner Mutter tropft es in diesem Augenblick meistens, weil sie die Tränen schlecht aufhalten kann. Und dann zählt sie noch einmal 123 Besorgungen auf, die Oma nicht vergessen soll. Und dann drücken sie sich und sagen sich gegenseitig, wie gut sie sind, und es ist wie ein Abschied bei einer Reise in den wilden Dschungel, aus dem man entweder gar nicht mehr herauskommt oder nur noch mit einigen Bissen von Kobras und anderem Schlangengezücht.

Jetzt will ich kurz beschreiben, warum unsere Oma manchmal ein Unglück ist. Dabei sind meistens ich und meine Schwester die Hauptpersonen. Wenn zum Beispiel die Oma einmal zur Kur fährt oder zu ihrer lieben Schwester nach Dortmund auf Besuch, dann bricht in unserem Hause öfter ein sogenannter Familienkrach aus. Das geht so vor sich. Meine Mutter sagt zu mir, ich bin ein liederliches Bürschchen, welches schlecht erzogen ist und alles liegenläßt. Mein Vater erwidert jetzt, ich bin das Produkt unserer lieben Oma, weil die Oma mir alles wegräumt.

Die Gefährlichkeit nimmt zu, wenn jetzt meine Schwester am Tisch sitzt und plärrt, sie will keine Gemüsesuppe essen, und mein Vater nennt sie ein ganz verzogenes Gör. Er gibt in diesem Falle ein Rezept auf und sagt, man muß die Schwester einen halben Tag hungern lassen und dann wieder die Gemüsesuppe vorsetzen. Und wenn sie dann immer noch nicht ißt, muß man sie noch einen halben Tag hungern lassen, bis sie sich alle Finger nach der Gemüsesuppe ableckt. Aber wenn die liebe Oma zu Hause ist, dann wird dem Kind ja alles von hinten reingestopft, Leckerbissen, Torten und Bonbons. Meine Mutter sagt jetzt zum Vater, es ist eine Roheit, und wir müssen dann auf einen Wink hinausgehen, damit wir nicht hören, wie sich unser Rohling verteidigt.

Einmal sagte meine Schwester, sie geht nicht in den Keller Kartoffeln holen, denn dort sitzt das Kellermännchen. Ein andermal sagt sie ein Gebet auf, und alle meine Eltern nebst ich fragten, wo meine Schwester das bloß herhat. Da rief mein Vater wie ein Hellseher: Von der Oma! Meine Mutter sagte, es ist doch nicht so schlimm, und wenn sie größer ist, wird sie schon merken, was wahr ist. Und man muß mit der alten Oma ein Mitleid haben, denn sie hat keine polytechnische Oberschule besucht. Mein Vater dagegen hob den schweren Zeigefinger und sprach: Es ist unwissenschaftlich. Und das kommt davon, wenn man die Erziehung nur der Oma allein überläßt. Nach diesem Wort mußten wir wieder hinausgehen, weil jetzt meine Mutter verkündete, sie wird jetzt deutlich. Nach solch einer Deutlichkeit ist mein Vater meistens ganz zahm, und er fragt uns Kinder, ob wir schon die Schularbeiten gemacht haben.

Mein Freund Harald erzählte mir, daß es in seiner Sippe auch einmal Streit über die Erziehung der Oma gab. Aber nicht lange, weil die Oma den Koffer packte und sprach, sie wird zu ihren anderen Kindern gehen oder ins Altersheim. Danach bekam Haralds Oma gleich eine neue Schürze oder Wolle zum Bestricken und von Haralds Vater das Buch August Bebel „Die Frau und der Sozialismus". Und alle sind wieder miteinander zufrieden.

Als Opa Omas Nachthemd zerhackte

Mit dem Tag, als der Opa das Nachthemd von unserer Oma zerhackte, fing alles an. Der Opa behauptete zwar, es war der Wind, der Omas Nachthemd von der Wäscheleine auf den Hackklotz geweht hat, aber die Oma konnte sich das nicht denken und sprach: „So weit ist es gekommen! Und mit dem Mann bin ich 40 Jahre verheiratet!"

Wir standen dann alle um den Hackklotz herum und bestaunten Opas Werk. Mein Vater lobte den Opa: „Da hast du ja saubere Arbeit geleistet!“ Und meine Mutter ergänzte: „Na, dann sieh mal zu, wie du das wieder gutmachst.“ Auch meine Schwester mußte ihren Senf dazu geben: „Das war Omas Lieblingsnachthemd, das kuschelweiche!“

Der Opa sah jetzt auch nicht so glücklich aus wie ein Mann, der schon 40 Jahre mit derselben Oma verheiratet ist. Er stopfte die Reste vom Nachthemd in die Tasche seines Arbeitskittels und knurrte: „So ein Theater wegen einem Nachthemd. Kauf ich eben ein neues!“

„Ich weiß nicht, ob du so billig davonkommst“, sagte ich zum Opa. „Das war vielleicht kein gewöhnliches Nachthemd, sondern ein mit Erinnerungen gefülltes und so.“ Oma schluchzte, Opa warf meinem grinsenden Vater einen giftigen Blick zu, und mich stuckste die Mutter ins Haus und sprach: „Mach lieber deine Schularbeiten!“ Sie wollte streng mit mir sein, ich sah aber, wie in ihrem Gesicht das Lachen durchzuckte.

Beim Abendbrot war es nicht so lustig wie sonst. Der einzige, der zur Unterhaltung beitrug, war ich. Denn dauernd wurde mir zugerufen: „Schling nicht so, laß dir Zeit!“ oder: „Du schlürfst wie ein Kalb!“ oder: „Kannst du nicht leiser kauen!“ und noch mehr so wertvolle Hinweise. Ich war ganz froh darüber, und so kam wenigstens keiner auf die Idee, Omas zerhacktes Nachthemd wieder auf den Tisch zu legen.

Oma ging gleich zu Bett, und mein Vater fragte, ob sie noch ein Nachthemd hat. Der Opa guckte finster vor sich hin. Als ich ihm sagte, wir gehen morgen zusammen ein Nachthemd kaufen, und ich werde ihn beraten, da leuchtete er wieder auf.

Am nächsten Tag machte ich mich mit Opa auf den Weg. Wir gingen zuerst in den Textilkonsum, wo meine Mutter immer einkauft. Sie ist dort gern gesehen, weil sie weiß, was sie will. Sie kauft schnell, und die Verkäuferinnen können sich gleich wieder ausruhen und miteinander plaudern. Der Opa hatte sich sogar einen Schlips umgebunden. Wegen der Wirkung. Die ältere Verkäuferin fiel auch darauf rein und fragte, was es sein darf. Der Opa sagte: „Ein Frauennachthemd." Die Verkäuferin verbesserte ihn: „Sie meinen wohl ein Damennachthemd." Der Opa kennt sich mit den Unterschieden zwischen Frauen und Damen nicht so aus und sagte: „Meinetwegen."

Die Verkäuferin fragte: „Welche Größe?" Der Opa guckte mich an. Ich zuckte. Da zuckte der Opa auch. Die Verkäuferin dachte vielleicht an eine Kaffeepause und drängte: „Na, Sie müssen doch ungefähr wissen, wie groß ... vielleicht so wie ich?" Der Opa nickte und knurrte: „Naja, so ungefähr."

Ich hustete und gab dem Opa runde Zeichen. Weil er sie nicht verstand, flüsterte ich ihm zu: „Die Oma ist doch nicht so dick!" Der Opa kapierte jetzt, die Verkäuferin auch. Sie knallte drei Hemden auf den

Tisch und schaute in die Luft. Der Opa wollte keinen Ärger mit der Verkäuferin und kaufte schnell eins. Draußen sagte ich zum Opa: „Das kannst du gleich wieder zerhacken, denn die Oma verträgt kein Polyester. Davon kriegt sie Pickel."

Wir fuhren mit der nächsten Bahn in die Stadt. Dort gab es mehrere Damengeschäfte. Im ersten schoß gleich eine Frau auf ihn zu und sprach: „Na, junger Mann, was darfs denn sein?" Die ist ganz schön scharf, dachte ich. Schmeichelt sich beim Opa ein, obwohl der bestimmt viel älter ist als sie. Nachdem der Opa mit mehreren Hemden bei zwei Kundinnen Maß genommen hatte, fanden wir auch das richtige. Es hatte Blümchen und faßte sich mollig an. Die Verkäuferin lobte den Opa und meinte, er hat gut gewählt.

Der Opa wurde danach übermütig und sprach: „Jetzt kaufen wir weiter, wenn wir schon einmal dabei sind." Vor einem Schaufenster, in welchem jede Menge Nachthemden und andere durchsichtige Sachen hingen, fragte mich der Opa, ob die Oma so was noch tragen kann. Ich sagte, die Oma kann. Die Verkäuferin war freundlich und klärte den Opa auf. „Das ist eine sehr dezente Ausführung" oder: „Das ist ein hautfreundliches Gewebe" oder: „Sehen Sie mal her, die hübsche Rüsche!" Der Opa entschied sich aber für eine andere Garnitur. Auch diese Verkäuferin lobte ihn und rief ihm nach: „Da wird sich Ihre Enkelin aber freuen!"

Wir besuchten danach ein Kaufhaus. Um einen Stand standen viele Frauen und wühlten und wühlten. Es gab dort billige Schlüpfer. Der Opa wühlte jetzt auch mit. Einige dehnte er auseinander wie einen Expander. Es wurde ganz still um ihn. Alle guckten ihm zu. Erst als sich ein Mann mit weißem Kittel und strengem Blick hinter ihn stellte, hörte der Opa auf zu wühlen und fragte, wo es hier die Heimwerkerartikel gibt. Der Mann führte ihn dann dorthin.

Als wir uns frohen Muts wieder auf den Heimweg machten, entdeckten wir ein Geschäft mit noch schöneren Frauensachen. Es hieß Budique oder so ähnlich. „Weißt du was", sagte der Opa, „jetzt kaufen wir der Oma einen Morgenrock. So was hat sie noch nie gehabt." Naja, dachte ich, nach 40 Jahren kann der Opa ruhig was springen lassen, wer weiß, wie lang er das noch kann.

Im Geschäft war alles piekfein und stinkvornehm. Auch die Verkäuferinnen. Sie hatten keine gewöhnlichen Kittel an wie die anderen, sondern ganz moderne Kladasch. Die müssen reich sein, dachte ich. In einem gläsernen Schrank hingen mehrere Morgenröcke oder Abendmäntel, wir kannten uns da nicht so aus. Der Opa traute sich jetzt nicht mehr, einen anzupassen. Er guckte auf die Uhr. Erst als er laut fragte, ob man hier auch bedient wird, kam eine geschminkte Frau auf uns zu und fragte wie eine Hoheit im Film: „Bütte?" Der Opa kann vornehmes Getue nicht ausstehen und antwortete wie ein König: „Vielleicht bütten Sie mal was an, Durchlaucht!“ Die Frau Durchlaucht legte dann gelangweilt ein paar Sachen hin, und als sich der Opa entschieden hatte, sagte die hohe Frau zum Morgenrock: „Dör ist aber nicht büllig!“ Und ich antwortete für den Opa: „Denken Sie vielleicht wir sind büllig?“ Das Geld hat grade noch so gereicht.

In der Bahn konnte sich der Opa nicht mehr halten. Er packte die schönen Sachen aus, um sie noch einmal zu betrachten. Manche hielt er vor seine Brust. Die Frau neben ihm suchte sich gleich einen anderen Platz, und eine andere Frau sprach zu ihrem Kind: „Wenn dir solche Onkels ein Bonbon schenken wollen, lauf weg und schrei um Hilfe!“ So ein Blödsinn! Opa kauft nie Bonbons. Als wir ausstiegen, sagte der Opa: „Erinnere mich daran, daß ich den Hackklotz woanders hinstelle.“

Über unsere Weihnachtshöhepunkte

Weihnachten ist ein Fest der Vorfreuden und Höhepunkte. Die Vorfreuden beginnen schon ein paar Wochen früher und sind ziemlich aufregend. Man muß das einmal beleuchten, und zwar aus familistischer Sicht.

Schon im Herbst überfällt meinen Vater eine nicht unterzukriegende Vorfreude. Er spricht andauernd von Weihnachtsbäumen und erinnert uns fortwährend daran, daß wir ihre Ankunft nicht verpassen dürfen. Wenn es endlich soweit ist, setzt er seinen ältesten Hut auf und zieht mit mir und meiner Schwester los. An diesem Tag erkennt mein Vater keinen Menschen, weil er immer daran denken muß, daß er auch den schönsten Baum erwischt.

Beim Verkaufsplatz angekommen, beginnt er mit der Durchsicht, indem der Vater erst einmal alle Bäume umschichtet. Manchmal denken die Baumkunden, es ist der Chef, und sie fragen ihn, ob noch eine neue Ladung kommt. Mein Vater antwortet, ja, morgen. Das sagt er nur, damit die Leute ihn nicht stören und vielleicht die schönsten Bäume wegschnappen. Aber sonst ist mein Vater nicht egoistisch, im Gegenteil, er zerreißt für andere das Hemd.

Nachdem mein Vater fünf bis zehn Bäume ausgesucht hat, welche meine Schwester und ich bewachen müssen, beginnt er mit der Wahl des schönsten. Er nennt diesen dann Miß Weihnachtstanne. Dazu stellt er sich ein paar Meter weg, und wir müssen ihm die ausgesuchten Missen vordrehen. Mit der Miß, die den schönsten Wuchs hat, nämlich unten breit und schön voll und gleichmäßig bis obenhin, ziehen wir von dannen.

Aber die Vorfreuden gehen weiter, nämlich mit

einem geheimnisvollen Getue. Das geht so vor sich. Manchmal kommt der Vater nach Hause. Er schaut bloß mit dem Kopf durch die Stubentür und winkt der Mutter mit dem Finger. Wenn sie das Zeichen nicht gleich versteht, verdreht mein Vater die Augen und schielt ein bißchen zu seinen Kindern. Jetzt kapiert die Mutter, und sie folgt dem Vater ins Schlafzimmer. Meine Schwester will auch gleich hinterher, aber ich halte sie am Zopf fest und sage, sie muß nicht so neugierig sein und darf den Eltern jetzt nicht die Weihnachtsvorfreuden verderben; denn sie verstecken die Geschenke. Auch unsere Oma hat ihre Geheimnisse, aber sie hebt sie nicht wie meine Eltern im Schlafzimmer auf, sondern auf dem Boden. Dort steht ein alter Schrank, in welchem sich Tapetenreste, Gummistiefel, Lappen, Reiseandenken, ein falscher Zopf und andere Kostbarkeiten befinden. Ich verrate diese Verstecke aber niemandem, um meinen Eltern und der Oma die Vorfreuden nicht wegzunehmen. Diese Geschenkversteckung ist ein zweiter Weihnachtshöhepunkt nach der Mißbaumwahl.

Der dritte Vorfreudenhöhepunkt ist das Backen von Weihnachtsstollen. Meine Mutter liest von einem Heftchen die Zutaten ab und ob sie alle beisammen sind. Dann holt sie aus dem Keller eine Wanne, in der ich als schöner Säugling gebadet wurde. Dort kommen die Backwaren hinein, und Vater muß walken. Wenn der Teig zuviel klebt, flucht er und schreit der Mutter zu, sie soll ihn bestreuen. Nachdem der Teig genug vermanscht ist, wird er zugedeckt. Nach einiger Zeit wächst aus der Wanne ein Bauch mit Blasen. Die Mutter sagt, es ist soweit. Sie formt jetzt aus großen Klumpen längliche Dinger, und der Vater kritisiert sie, wenn sie nicht schön oval sind. Die Mutter pfeift aber darauf, und der Vater schiebt sie in den Ofen. Beim Herausholen verbrennt sich der Vater meistens. Er jault und zeigt einen lustigen Indianertanz. Das ist der dritte Höhepunkt vor Weihnachten.

Zwei Tage vor Weihnachten kommt die schwerste Probe, welche eine Familie wie unsere zu bestehen hat. Der Vater putzt nämlich die Miß Weihnachtstanne an. Das ist ein aufregendes Ereignis. Zuerst hält er einen Vortrag über die Behandlung von Weihnachtskugeln. Deshalb besitzen wir auch noch eine aus dem Jahre 1907. Sie ist ein Erbstück, und ich muß mich wundern, daß sie der Vater nicht in einem Panzerschrank verschließen läßt. Nach dem Vortrag kommt der Befehl, daß wir ihm nicht vor den Füßen rumrennen sollen. Und jetzt beginnt er mit der Ausschmückung. Er verteilt die Kugeln nach wissenschaftlichen Gedanken, indem er erst die roten, dann die goldenen, dann die silbernen und zuletzt die gemischten anhängt. Zwischendurch setzt er sich hin und beschaut aus der Entfernung sein Werk. Nach der Bekugelung läßt sich der Vater erst mit einem Kaffee und einem Jäckchen stärken, so nennt er die kleinen Koniaks.

Dies war der erste Akt der Ausschmückung. Aber der zweite folgt bald, indem der Vater schreit, wir sollen Watte holen. Die Oma rennt schnell zum Medizinschrank, und der Vater befiehlt: „Zerschneidet sie in schmale Streifen!" Jetzt achtet er darauf, daß die Streifen genau zwei Zentimeter breit und fünf Millimeter dick sind. Ich darf ihm dann die Streifen vorsichtig zulangen, während der Vater die Miß Weihnachtsfichte von oben bis unten belegt. Einmal fing er auch bei ihr von unten an, aber da hatte er lauter weiße Streifen an seiner Hose, als er oben fertig war. Diese Wattestreifen nennt mein Vater Schnee, und wir dürfen nicht mit Streichhölzern rankommen, sonst wird alles Asche. Daher stammt vielleicht das Sprichwort: Und wenn der ganze Schnee verbrennt, die Asche bleibt uns doch.

Der Vater bestaunt jetzt sein Werk wieder, aber damit ist es noch immer nicht fertig. Denn jetzt behängt er jedes Ästchen mit Lametta. Dies hält aber kein gesunder Mensch mehr aus, deshalb gehen wir schlafen und lassen den Vater die Lamettierung allein ausführen. Wenn wir morgens aufwachen, sitzt der Vater meistens noch im Sessel, wo er vor Bewunderung eingeschlafen ist. Ich glaube auch, daß er den schönsten Weihnachtsbaum Europas, Afrikas und vielleicht auch Asiens und Australiens fertiggebracht hat. Und das ist der vierte Höhepunkt.

Der letzte und höchste Höhepunkt ist der Weihnachtsabend mit seiner Bescherung. Jeder legt seine Geschenke unter den Baum und deckt sie zu. Dann essen wir. Danach bimmelt der Vater mit einer alten Kuhglocke, das ist das Zeichen zum Einmarsch in die Weihnachtsstube. Bevor die Enthüllung der Weihnachtsgeschenke erfolgt, müssen wir Kinder etwas singen und aufsagen. Meine Schwester sagt ein Weihnachtsgedicht auf und singt dazu „Schneeflöckchen, Weißröckchen". Ein Weihnachtsgedicht ist für mich zu blöd, deshalb singe ich lieber „Dem Morgenrot entgegen, ihr Kampfgenossen all". Meinem Vater hat das Lied gefallen, und er sang es mit, wogegen meine Mutter und die Oma sagten, es paßt nicht richtig. Deshalb will ich diesmal nicht mehr singen, sondern lieber eine Schallplatte auflegen, wenn schon ein Kulturprogramm sein muß.

Auch bei meinem Freund Harald geht es nicht ohne Kultur. Er bereitet sich deshalb auf einen Vortrag vor mit dem Thema: „Die Umgestaltung von einem rückständigen zu einem fortschrittlichen Weihnachtsfest". Harald sagt, entweder wird es ein großer Erfolg, oder seine Oma will wieder kündigen. Deshalb schenkt er ihr vorsichtshalber auch ein heiliges Buch von dem Dichter Diderot. Es heißt „Die Nonne".

Unsere Winterfreuden und Winterleiden

Der Februar zerfällt in zwei Teile, in Winterfreuden und Winterleiden. Die Winterfreuden bestehen darin: Im Februar gibt es Ferien. Darüber freuen sich nicht nur wir Kinder, sondern auch unsere Lehrer und Pionierleiter, indem sie uns betreuen dürfen, und man nennt das auch Feriengestaltung. Man muß das an ein paar Beispielen schildern.

Als der letzte Schultag heran war, kam noch einmal unser Herr Pilei Alfons in die Klasse und sprach: Jetzt lese ich den Ferienplan vor. Wer einverstanden ist, soll es sagen. Ich meldete mich gleich und sagte, daß ich einverstanden bin. Aber unser Alfons zeigte seinen Goldzahn und rief, er hat ja noch gar nichts vorgelesen, und darum kann ich nicht sagen, daß ich einverstanden bin. Ich antwortete, daß ich es trotzdem bin, und man muß anerkennen, wieviel Mühe sich unsere Erzieher gemacht haben, indem sie unseren Geist schonen und den Plan ganz alleine für uns ausdenken. Deshalb bin ich dankbar dafür. Aber mein Freund Harald war nicht so dankbar, sondern rief, ich soll die Klappe halten, und der Alfons möchte bitte vorlesen.

Nachdem der Plan vorgelesen war, riefen einige, das ist prima, und sie sind einverstanden. Mein Freund Harald sagte, man kann in einer Versammlung nicht so einfach rumschreien, sondern muß abstimmen. Wer dafür ist, hebt die Hand. Alle haben sie jetzt die Hand gehoben, bloß ich nicht, und mein Freund Harald fragte streng, was los ist. Ich antwortete, daß ich nicht abstimmen kann, weil ich schon wieder vergessen habe, was am Anfang vorgelesen wurde. Deshalb möchte man bitte den Plan noch einmal ganz langsam wiederholen.

Die anderen schrien jetzt auf mich ein, aber der Alfons rief am lautesten Ruhe und meinte, man muß das eben tun, wenn einer mit einem schwachen Gedächtnis dabei ist. Er las noch einmal, und der erste Punkt lautete: „Wir nehmen uns eine Winterwanderung zu den Buckelbergen vor.“ Unser Pilei wollte gleich weiterlesen, aber ich fragte ihn, ob er noch ein bißchen warten kann; denn ich muß nachdenken.

Unser Alfons zeigte jetzt wieder seinen Goldzahn und sprach: sehr gut. Die anderen wollten auch eine Note von ihm haben und sagten allerhand dazu. Zum Beispiel die schöne Sonja Zunder: Wir schenken den Freunden ein Fotoalbum von uns. Klaus Bieber schlug vor, den Soldaten eine große Schneehütte zu bauen und dort unsere Geschenke hineinzulegen. Wer aber in die Hütte will, muß erst ein Lied singen oder ein Gedicht aufsagen oder was pfeifen. Der lange

Schücht schrie, wer das nicht kann, darf auch einen russischen Tanz tanzen oder einen Handstand machen. Oder er muß mit einem Schneeball ein Ziel treffen. Und so kamen noch viele interessante Vorschläge.

Unser Herr Pilei mußte jetzt dauernd gute Noten verteilen, und er fragte mich, wieso ich noch nichts gesagt habe. Ich antwortete, der Punkt ist sehr schwer, und man muß darüber nachdenken, zum Beispiel, was wird, wenn kein Schnee liegt. Der Schweine-Sigi hat wieder schneller nachgedacht als ich und rief, das ist ganz einfach, indem man die Freundschaftsgeschenke in eine Schatzkiste packt, vergräbt und die Freunde müssen diese Kiste suchen, sagen wir durch Kundschafter. Wenn das die Kundschafter nicht herauskriegen, dann kann ein Pionier als Kundschafteranleiter mitgehen, oder wir rufen bloß heiß oder kalt, und dann muß man langsam dahinterkommen, wo der Schatz vergraben sein könnte. Aber unser Pilei meinte, das mit dem Kundschafter geht nicht; denn Kundschafter sein ist eine ernste Sache, und da soll man keine blöden Späße damit machen, und wir nennen die Kundschafter einfach Schatzsucher. Ich antwortete, daß Schatzsucher vielleicht auch nicht ganz richtig ist; denn Schätze haben meistens Piraten und andere Lumpen versteckt. Wir dagegen sind Pioniere, darum nennen wir die Schatzsucher lieber Pionierfreundschaftsgeschenksucher. Damit waren alle lachend einverstanden, und ich bekam vom Alfons auch ein „Sehr gut“!

Als wir die Punkte durch hatten, waren auf einmal schon zwei Stunden um, und wir hatten noch nicht alles gesagt. Denn der Herr Pilei hatte in seinem Plan die Timurtrupps vergessen, und er wollte wissen, wie wir uns das denken. Die Bärbel Patzig flüsterte, man kann vielleicht für die alte Frau Schlauch einkaufen gehen. Jetzt wußten viele, was man mit der alten Frau Schlauch anfangen kann, zum Beispiel: man kann bei ihr fegen, die Mädchen in der Stube, die Knaben auf der Straße. Man kann Kohlen holen oder ihr den Fernseher einschalten. Wenn man sieht, daß die alte Frau Schlauch einen schwarzen Kanal hat, kann man mit ihr darüber diskutieren. Und noch mehr so schöne Vorschläge. Die dicke Mia meinte, man muß auch an die Tiere des Waldes denken. Zum Beispiel sollte man sich mit Rehen und Vögeln beschäftigen. Am besten ist, man hilft dem Förster oder hängt einen Maiskolben zum Fenster raus oder baut ein Futterhäuschen. Der Schweine-Sigi erwiderte, man darf auch die alten Männer nicht vergessen, zum Beispiel den alten Herrn Josef. Einmal war es so glatt, da ist der Herr Josef dauernd hingefallen. Deshalb hab ich ihn auf meinen Schlitten gesetzt und nach Hause gefahren. Aber seine Frau hat geschimpft, weil der alte Herr Josef bloß besoffen und deshalb zu einer hilflosen Person geworden war.

Als alle ihre Vorschläge gemacht haben, fragte mich der Alfons, ob mir vielleicht noch was einfällt. Ich sagte ja. Man könnte zum Beispiel in die Stadt fahren und eine Pelzschau besichtigen. Der Herr Pionierleiter antwortete, er kennt das nicht, und ich soll sagen, wo es das gibt. Ich sprach, die Pelzzucht ist im Eisstadion, und man kann sie zweimal in der Woche bewundern. Dorthin kommen die feinen Mütter mit ihren Töchtern zum Training. Die Töchter zeigen ihre Eislaufkunst und Sprünge und Doppelaxel und so was, wogegen die Mütter ihre schönen Pelze vorführen. Auch sind sie sehr teuer und stolz, und im Fernsehen kann man beobachten, daß sie die Töchter andauernd küssen müssen, damit die Leute mitkriegen, wie sie sich lieben.

Unser Herr Pilei blitzte jetzt wieder mit dem Goldzahn und entgegnete, daß wir dort wahrscheinlich nicht ohne weiteres hineinkommen, weil wir keine Pelze haben, und wir können ja bei uns ein Eisfest machen, zum Beispiel mit einem Eishockeyspiel gegen eine andere Schule. Oder vielleicht sogar einen Eiszirkus.

Damit waren wir einverstanden. Mein Freund Harald und ich und wir beide gaben die Selbstverpflichtung ab, Plakate zu malen. Wer unseren Zirkus sehen will, muß eine Spende für Vietnam geben. Die vom Kindergarten dürfen umsonst rein, weil sie noch nicht lesen können.

Als wir fertig waren, fragte mich der Herr Pionierleiter, ob er den Ferienplan und die neuen Notizen noch einmal vorlesen muß. Ich sagte, es ist jetzt nicht mehr nötig, und es hat sich herausgestellt, daß die Pioniere gar nicht so blöd sind, und man muß ihre Vorschläge ernst nehmen und bewundern.

Jetzt kommt der zweite Teil vom Februar, nämlich die Winterleiden. Sie bestehen in der Ausgabe von Zeugnissen mit Schreckschußnoten – das reicht uns.

Wie uns die Ferien bestrafen

Man kann im Leben tun und lassen, was man will, alles hat sein Vor- und Nachspiel. Aber die Nachspiele fallen meistens schlimmer aus. Ein Beispiel:

Wir bekamen von unserem neuen Deutschlehrer, Herrn Bittergalle, nach den großen Sommerferien gleich am ersten Schultag ein Aufsatzthema auf, nämlich: Mein schönstes Ferienerlebnis. Keiner in unserer Klasse wunderte sich darüber. Das schönste Ferienerlebnis müssen wir dreimal im Jahr erledigen – nach den Winter-, den Oster- und den Sommerferien, und das schon seit vielen Generationen. Die Lehrer machen es sich einfach. Sie delegieren ihre Unlust auf uns ab, damit wenigstens wir was tun und nicht blöd herumsitzen und Maulaffen feilhalten. So bestrafen uns die Ferien.

Die meisten von uns fingen auch gleich an zu schreiben, besonders die Mädchen. Sie konnten nicht schnell genug ihre Erlebnisse loswerden. Besonders die brave Bärbel glühte vor Eifer. Der Schweine-Sigi und ich glühten nicht. Wir betrachteten das Thema erst mal von innen her.

Also fragte ich mich, was war los in diesem Sommer? Eigentlich nichts Aufregendes. Meine Eltern fuhren wie immer an die Ostsee zu Bekannten. Diese haben ein kleines Häuschen, das sie jetzt Pension nennen, acht Hühner, zwei Schafe und einen Sohn. Er heißt Matthias mit zwei tt, ich nenne ihn Matte.

Während meine Eltern jeden Tag zum Strand gingen, um sich rösten zu lassen, trieben wir uns in Wald und Flur und am Strand herum. Und so kam es, daß wir eines Tages in einer Ecke landeten, wo es keine Eisbuden gab, sondern nur Natur. Auch die Menschen, die dort rumlagen, waren reine Natur, na eben oben und unten ohne. Wir spazierten an ihnen vorbei und machten uns gegenseitig auf Sehenswürdigkeiten aufmerksam. Matte sagte öfter, „guck mal die da“, und ich „na die erst!“ Einen Mann verglichen wir mit Tarzan, einen anderen mit Kingkong, und als wir ein besonders stattliches Naturwunder etwas länger betrachteten, schrie dieses: „Was glotzt ihr so! Haut ab, ihr Rotznasen!“

Ich war mir sicher, daß kein Rotz aus meiner Nase

floß und wollte etwas Höfliches erwidern, da erhob sich ein fettes Monster und drohte, uns auseinanderzunehmen.

Aber wir waren schneller. Ganz schön außer Atem kamen wir in der Strandkorbsiedlung an, und keiner hatte gemerkt, daß wir gerade dem Tod entronnen waren.

„Wir müßten was unternehmen, damit die Röstkartoffelsäcke hier auch in Bewegung kommen", sprach ich sinnend vor mich hin. Da hatte Matte eine Idee: „Weißt du was, wir haben doch zu Hause einen Bernstein, so groß wie ein Hühnerei. Sollst mal sehen, wie schnell die auf die Beine kommen."

Matte holte das Bernsteinei und vergrub es heimlich im Sand. Danach buddelte er es wieder aus und schrie:

„Heeeei, Ottokar, guck mal, was ich hier gefunden habe!"

„Mann", schrie ich zurück, „das ist doch Bernstein! So einen Brocken hab ich noch nie gesehen!"

Da wurde das herumliegende Strandgut mit einem Schlag munter. In wenigen Minuten sah es aus wie auf einem Goldgräberfeld. Matte meinte, es wäre besser, schnell zu verduften.

Er hatte recht. Bald danach sahen wir einen Mann mit Schiffermütze wie verrückt zum Strand laufen. Er brüllte schon von weitem:

„Was ist denn hier los?! Das ist verboten!"

Er kassierte von jedem Buddler 10 Euro, und diejenigen, die sagten, sie haben kein Verbotsschild gesehen, zahlten 15 Euro. Und ein Widerling mit goldenen Hals- und Armkettchen, der meinte, er sei ein Analphabet, mußte 20 Euro blechen. Denn wer nicht lesen kann, den bestraft das Leben noch härter.

Über dieses Ereignis haben die Gestrandeten tagelang gesprochen. Es war mein schönstes Ferienerlebnis.

Während ich noch darüber nachdachte, ob man das in einem Schulaufsatz überhaupt schreiben kann, setzte der Schweine-Sigi hinter mir schon den Schlußpunkt, und zwar so laut, daß der Herr Bittergalle aus seinem Schlummer aufwachte.

„Was denn", fragte er den Sigi, „bist du etwa schon fertig?"

„Ja", antwortete er. „Wenn ich weiterschreiben soll, dann muß ich was dazu dichten, es soll doch aber ein wahres Erlebnis sein!" Keine schlechte Antwort, dachte ich. Muß ich mir merken.

Auch mich nahm später Herr Bittergalle aufs Korn:

„Du hast überhaupt noch keine Zeile geschrieben. Es wird gleich klingeln!"

Und so stärkte ich meinen Willen und beschrieb in einer kurzen Fassung mein Erlebnis so:

„Das schönste Erlebnis war, als ich mit meinem Freund Matte die Naturschönheiten am Strand bewunderte, bis eine Frau uns zurief: ‚Haut ab, ihr Rotznasen.‘ Danach suchten alle Bernstein. Die Erwachsenen mußten deswegen 10 Euro und mehr bezahlen. Das war vielleicht ein Spaß.“

Am nächsten Tag, als wir die Klassenaufsätze zurückbekamen, prangte unter meinem eine saftige Sechs und der Nachsatz: Bitte um Unterschrift der Eltern.

Meine Mutter war ganz schön sauer und schämte sich für mich.

Mein Vater sah das nicht so tierisch und lobte mich sogar: „Na, das Schuljahr fängt ja gut an!“

Unsere Schulwanderung

Zu den wichtigsten Jahreszeiten gehört auch der Frühling. Wenn die schöne Frühlingszeit daherkommt und wir Knaben unsere Lederhosen anziehen und die Mädchen dumm kichern, dann sagt eines Tages unser Herr Direktor Keiler, morgen Kinder ist ein Wandertag. Wir fangen dann an, freudig zu jauchzen, und der Herr Direktor Keiler macht dazu ein gütiges Gesicht, wogegen unsere Lehrer mächtig zischen und öfter fragen, ob wir uns jetzt in einem Zirkus befinden oder wo.

Wir können dann kaum den anderen Tag erwarten.

Mein Freund Harald und ich, und wir beide denken uns dann gleich einige Geheimnisse aus, und Schweine-Sigi darf auch mit uns kommen, weil er nicht petzt und seine Schinkenstullen gegen Keks tauscht. Sigi sagt, seine Mutter hat genug mächtige Schinken und sein Vater den Schweinestall unter sich nebst einer individuellen Sau, welche öfter ferkelt. Wir bilden dann ein Triumphirat und schwören, niemals auseinanderzugehen. Aber meist sagt unser Herr Klassenlehrer, daß er uns durchschaut, und er wird sein Auge auf uns werfen.

Die Wanderung beginnt immer mit einer Ermahnung von unserem Herrn Klassenlehrer. Er will sich alle gut merken, die Blödsinn treiben und aus der Reihe tanzen. Auch müssen wir Höflichkeit zeigen und unseren Sitzplatz den Erwachsenen anbieten. Dabei schaut mich unser Herr Klassenlehrer meist an, und ich schaue auch zu ihm hinauf wie ein zartes Lamm. Zu unserer Schulwanderung gesellt sich immer eine Klassenmutter oder auch zwei. Diese sind verschieden. Wenn die Klassenmutter eine ordnungsliebende ist, dann zupft sie fortwährend an uns herum, zum Beispiel am Halstuch oder wenn das Hemd hinten raushängt. Neben den Zupfmüttern gibt es noch Zählmütter, die uns fortwährend zählen. Die meisten Mütter machen ein freundliches Gesicht und freuen sich, wenn die Leute auf sie schauen und denken, sie sind Lehrerinnen. Manchmal ist auch eine Mutter dabei, die nur ihr eigenes Kind bewacht. Dieses tut uns leid. Es muß sich dauernd wie ein dressierter Dackel benehmen und auf Kommando die Nase putzen und immer laut danke und bitte sagen, damit unser Herr Lehrer hört, wie gut das Kind dressiert ist.

Wenn wir marschieren, dann latschen wir uns meist auf die Hacken und sagen uns gegenseitig einige Schimpfwörter. Dieses ist dann die erste Prüfung für unseren Lehrer. Sind viele Leute um uns drum herum, dann besteht die Prüfung aus mehreren grausamen Blicken. Wenn wir in stiller Natur latschen, dann läßt unser Herr Klassenlehrer halten, und er erkundigt sich, wer ein altes Kamel ist und ob er jemanden vormerken soll. Auch tauscht er öfter die Kinder aus und nimmt die Lieblinge in seine Obhut. Ich war auch manchmal sein Liebling.

Die zweite Prüfung besteht unser Herr Klassenlehrer, wenn wir ein Stückchen mit der Bahn fahren. Der schönste Platz ist immer am Fenster, und darum beginnt ein großes Geschubse. Das dauert aber nicht lange, und wir sitzen wie die Engel. Jetzt kommt die Zeit, wo wir unserem Herrn Lehrer eine Freude machen können, indem wir uns beim Herannahen der Erwachsenen von den Plätzen erheben. Und diese Erwachsenen sind auch verschieden.

Einmal kam eine alte Oma, und ich sagte bitte, hier ist mein Platz. Sie schenkte mir ein freundliches Lachen und einen Apfel. Dann kam eine vornehme

Dame mit viel Schminke und einem drolligen Pudel. Mein Freund Harald sagte auch bitte, und die Pudeldame setzt sich auf seinen Platz und hat meinen Freund Harald überhaupt nicht angesehen, nur ihren Pudel. Ich sagte zu meinem Freund laut „Danke, mein Junge“ und zu Sigi, ob er nicht weiß, wie man sich benimmt, und er möchte doch dem Herrn Pudel seinen Platz anbieten. Unser Herr Klassenlehrer nahm mich gleich wieder in seine Obhut, weil die vornehme Dame fortwährend fragte, ob die Kinder heute so erzogen werden, und sie möchte nicht meine Mutter sein.

Einmal kam ein besoffener Herr und sang uns lauter Lieder vor. Unsere Klassenmutter ist ganz rot geworden und sagte immerzu, wir sollen nicht hinhören. Ein andermal kam ein sowjetischer Soldat und sagte strastwuitje und prüfte, wie wir Russisch können. Auch setzte er uns seine Mütze auf. Manche Leute steckten uns Bonbons zu und fragten, ob wir einen Ausflug machen. Wir sagten dann ja.

Meistens machen wir hinterher eine längere Wanderung durch Wald und Flur. Unterwegs läßt uns unser Herr Lehrer öfter raten, was wir für Bäume und Gräser sehen und wie man die Himmelsrichtung bestimmen muß. Auch dürfen wir Spuren lesen. Die tiefste Spur hinterlassen der Traktor, die Wildsau und unser Herr Klassenlehrer, weil er der Schwerste von uns ist.

Wenn wir an einer Stelle mit schönem Ausblick sind, dann heißt es meist rasten. Die Stullen haben wir schon in der Bahn aufgegessen, jetzt kommen die Eier dran. Sind wir Ferkel, dann schmeißen wir die Eierschalen ins Gras. Sind wir naturliebende Pioniere, dann stecken wir die Schalen in unseren Brotbeutel oder in die Kapuze der Mädchen. Haben die Mädchen die Schalen gefunden, dann stecken sie die Schalen wieder heimlich in unsere Hosentaschen. Wenn die Schalen mehrere Taschen und Kapuzen gesehen haben, dann landen sie am Schluß in Wallys Beutel. Wally gibt sie dann zu Hause ihren Hühnern zu fressen, damit sie neue Eier legen. Harald nennt das eine Kalkverwertung und unser Herr Klassenlehrer eine große Enttäuschung.

Manchmal rasten wir auch in einer Gaststätte und trinken ein Glas Limonade oder auch zwei, je nachdem, aus welcher Familie wir kommen. Die dicke Mia kommt aus einer Familie, wo man mit dem Geld nur so rumschmeißt. Die Mia zeigt uns meist einen Zwanzigmarkschein, und wir sollen uns ausdenken, was sie sich alles kaufen wird. Zum Beispiel Torte. Wir denken aber, daß ihr die Torte im Halse steckenbleibt. Einmal sagte Mia zu unserem Herrn Klassenlehrer, sie will alles bezahlen, was er getrunken hat. Da ist unser Herr Lehrer furchtbar zornig geworden wie noch nie, und er hat der Mia vorgerechnet, wie lange man arbeiten muß, bis zwanzig Mark zusammen sind. Seitdem lieben wir unseren Herrn Klassenlehrer noch mehr. Unterwegs haben wir Knaben Hühnerdreck gesammelt und in Bonbonpapier gewickelt und zur Mia gesagt, sie soll nicht traurig sein und unsere Bonbons mitessen.

Am schönsten ist es, wenn wir eine Fabrik oder eine LPG besichtigen. Einmal waren wir auch in einem Burgmuseum. Wie die anderen weitergegangen sind, prüften mein Freund Harald, Schweine-Sigi und ich die Folterwerkzeuge aus, zum Beispiel die Daumenschrauben. Ich konnte am längsten zählen und habe keinen Mucks von mir gegeben. Nach vier Wochen ist wieder ein neuer Nagel nachgewachsen.

Einmal waren wir in einer Bilderausstellung. Auf einem Bild war eine Frau mit blauer Haut und violettem Haar. Es hieß „Die Sinnende". Ich fragte unseren Herrn Klassenlehrer, wo es blaue Frauen gibt. Er sagte, daß er auch noch keine blaue Frau gesehen hat. Ein anderes Bild hieß „Die Feldbaubrigade". Es waren wieder verschiedene Frauen zu sehen. Sie waren alle sehr dick und in alten Klamotten. Daran kann man erkennen, daß ein Kunstmaler es schwer hat. Entweder ist ihm die Farbe alle geworden, und er hat nur noch Blau, oder er sieht nur dicke Frauen mit alten Lumpen. Die meisten Bilder waren schön, aber ich weiß nicht mehr, welche, weil wir uns beeilen mußten. Denn unser Herr Lehrer wollte noch mit uns zum Zirkus.

So kann man auf einer Schulwanderung viel erleben. Das Schönste an unseren Wanderungen ist, wenn wir uns einmal richtig austoben dürfen, das Gemeine ist, wenn wir darüber einen Aufsatz schreiben müssen.

Wofür der Wald so herhalten mußte

Manchmal schreiben wir auch Aufsätze, wo wir unser Wissen nachweisen müssen. Zum Beispiel in Biologie. Ein Thema hieß: Die Nützlichkeit des Waldes. Mein Aufsatz lautete:

Der Wald gehört zu den ältesten Naturerscheinungen der Erde. Wo er wild wächst, nennt man ihn Urwald. In Amerika und anderen Ländern hat man früher zuviel Wald abgeholzt, danach wehte der Wind darüber hinweg, und die Bauern – oder auch Farmer genannt – versandeten langsam. So entstanden die Tramps und andere arme Menschen. Wenn die Menschengeschlechter um einen Wald herum Schilder stellen, so handelt es sich entweder um ein militärisches Gelände oder um ein Naturschutzgebiet. Dieses darf zwar von Menschen betreten werden, aber auf eigene Gefahr. Einmal kam ich mit meinem Freund Harald in solch ein Naturschutzgebiet. Es war schön still, und man hörte keine Kofferheulen, nicht einmal ein Trabant kam des Wegs. Als wir eine kleine Lichtung erreichten, sprangen plötzlich zwei Frauen auf und bedeckten sich. Ich sagte nachher zu meinem Freund Harald, das ist sehr interessant, und jetzt weiß ich auch, woher der Ausdruck „jungfräuliche oder unberührte Natur“ kommt. Der Harald meinte, das kann schon sein, aber die eine Frau war ein Mann, und man muß sich wegen der langen Haare nicht täuschen.

Wenn das Menschengeschlecht in der unberührten Natur schon rumgeholzt hat, spricht man von einem Forst oder auch Kulturwald. Dieser Wald hat für unsere Entwicklung eine große Bedeutung, denn er gibt uns Holz. Aus Holz kann man so ziemlich alles herstellen: Bauholz, Streichholz, Holzpantinen, Holzhämmer, Holzkohle, und wenn man das Holz noch weiter verarbeitet, so entstehen daraus wieder neue Dinge, wie zum Beispiel Papier oder Zellulose oder Lichtenberger Wodka vielleicht. Man kann sich das gar nicht alles ausdenken. Nehmen wir einmal die Säfte des Waldes, sagen wir eines Birkenwaldes. Aus ihnen entstehen Haarwuchsmittel, und mein Vater schilderte unserer Tante Anna, wieso der Wald der Anfang von schlechten Gewohnheiten ist.

Die Tante Anna hat nämlich die Gewohnheit, dauernd Tabletten zu fressen. Man kann das schon gar nicht mehr mit ansehen, wie sie danach geifert. Da sprach der Vater: „Weißt du auch, woher die Tabletten kommen?“ Sie wußte es nicht. Der Vater erzählte: „Der Mensch reibt sich mit Birkenwasser ein, damit die Haare schön wachsen. Der Frisör schneidet die Zotteln ab. Sie kommen vom Fußboden in einen Sack, vom Sack in eine chemische Fabrik, dort in einen Kessel, wo sie zu einem dicken Brei gekocht werden. Der Brei wird weiter gekocht und vermischt, bis ein Saft übrigbleibt, und aus diesem Saft werden deine dämlichen Schlaftabletten hergestellt. Guten Appetit.“

Es kann sein, daß mein Vater diesen Vorgang nicht ganz wissenschaftlich dargestellt hat, aber es reichte auch so. Der Tante Anna ist ganz übel geworden, sie nahm von jetzt ab keine Tabletten mehr, und so trug der Vater durch sein Waldverarbeitungswissen dazu bei, daß die Menschen gesund bleiben und nicht soviel Geld für Tabletten rausgeschmissen wird. Von dem gesparten Geld kann man etwas bauen oder was anderes einführen oder einen Waldschutzgürtel gegen die Verwüstung anpflanzen. Wenn es ein Birkenwald ist, so läßt sich daraus Haarwasser herstellen, dieses beschleunigt das Wachstum der Haare, sie werden geschnitten, kommen in einen Sack ... ach, das hatten wir ja schon.

Der Wald hat aber auch eine große Bedeutung für die Entwicklung der Kunst. Zum Beispiel der Holzschnitzkunst. Man kann diese Kunst in alten Kirchen und Museen beobachten, auch in manchen Geschäften. Von diesem Holzkunstgewerbe leben viele Menschen. Die Schnitzkunst ist darum sehr verbreitet. So erfährt zum Beispiel die Menschheit, daß ein Herr A.A. mit einem Fräulein O.W. unter einem Baum sich sehr geliebt haben, indem sie sich dort einritzten. Das ist eigentlich keine Kunst, sondern eine Unsitte. Verheiratete dagegen schnitzen nicht mehr solche Sachen, weil sie gemerkt haben, es kommt nichts Gutes dabei heraus.

Der Wald beflügelt auch die Maler, indem sie ihn malen, und zwar verschieden. Einmal hatten wir eine Galerie besucht, da sahen wir einen roten Wald, aber ganz eckig und komisch, und dazwischen waren verschiedene große Augen zerstreut, und aus den Wurzeln krochen auch Augen. Darunter stand: der Waldhüter. Ich fragte den Herrn Galeristen, was das ist. Er antwortete, der Herr Künstler sieht ihn eben so, und es ist ein modernes Gemälde.

Als wir später in der Schule auch einen Wald malen mußten, nannte ich mein Bild „Der Zauberwald“. Unser Fräulein Heidenröslein fragte, was das für ein Blödsinn ist, und seit wann wachsen im Wald alte Sofas, Bettgestelle, Toilettenbecken, Kinderwagen ohne Räder, und ich soll ihr einmal erklären, wieso an den Zweigen Fahrraddecken, zerrissene Unterhosen, Matratzen, Sprungfedern und sogar Nachttöpfe hängen. Ich antwortete, das seh ich so, und es ist ein modernes Gegenwartsgemälde. Nachher hat das Fräulein Heidenröslein es kapiert, und ich soll wenigstens noch ein Transparent malen mit der Aufschrift: „Schöner unsere Städte, Gemeinden und Wälder – mach mit!" Dieses Gemälde kam aber nicht zur Galerie der Freundschaft, weil unser Herr Pionierleiter Alfons sprach: „So sieht der sozialistische Waldrealismus nicht aus."

Sehr gern beschreiben auch die Dichter den Wald, und die Sänger besingen ihn. Meine Urgroßmutter singt gerne das Lied vom Rehlein. Es stand am Waldessaum und lief vor ihre Büchse, bis daß der Jäger kam und sie zerknallte. Meine Oma dagegen fragt manchmal singend, wer den schönen Wald so hoch gebaut hat. Sie singt und singt und kommt doch nicht darauf. Hier zeigt sich, daß sie noch keine zehnklassige polytechnische Oberschulbildung besitzt. Meine Mutter ist schon etwas schlauer und besingt einen Weg auf den Höhen, den sie angeblich dauernd entlanggegangen ist, wogegen mein Vater, wenn er einen Kleinen sitzen hat, manchmal brüllt, daß er im Wald eine Lust bekommt und seine einsame Brust schlägt. Aber das glaubt ihm sowieso keiner, nicht einmal meine Mutter.

Der Wald gibt uns aber auch Beeren, Pilze und andere Eindrücke. Einmal habe ich mich mit meinen Freund Harald bald verlaufen. Erst als wir immer öfter stinkige Haufen liegen sahen, wußten wir, hier ist ein Campingplatz in der Nähe. So war es auch, und darum ist der Wald für viele Menschen nützlich.

Als wir den Aufsatz zurückbekamen, war ich der einzige ohne Zensur. Das Fräulein Bella Kohl schrieb darunter: „Ich gebe dir Gelegenheit, die Arbeit zu wiederholen!“ Warum nicht, dachte ich, gute Stücke werden im Fernsehen auch wiederholt, und wenn das Fräulein Bella Kohl den Wunsch hat, diesen Aufsatz noch einmal zu lesen, dann schreib ich ihn eben noch einmal ab. Das macht mir gar nichts aus.

Der Kampf um die Jugendherberge

Zur schönen Ferienzeit überkommt uns die Wanderlust, die Abenteuerlust und andere Lust, und man muß sie organisieren und regeln, zum Beispiel in einer Jugendherberge. Vielleicht muß man erst einmal aufklären und fragen, was ist das?

Eine Jugendherberge ist entweder ein altes Schloß oder ein altes Gasthaus oder ein Landhaus von einem abgehauenen Kapitalisten oder ein Haus von einem dahingeblichenen Förster oder ein anderes geheimnisvolles Gebäude. Es gibt auch moderne Jugendherbergen, aber sie sind für uns abenteuerlustige Knaben nicht so interessant. Eine Jugendherberge ist für die Jugend, für die älteren Leute gibt es Hotels oder Motels und Altersherbergen oder auch Feierabendheime genannt. Von den Älteren dürfen nur Jugendleiter oder Aufsichtspersonen in einer Jugendherberge übernachten. Die männlichen Leiter sind leicht an ihren kurzen Hosen, die weiblichen an langen Hosen zu erkennen. Auch unterscheiden sie sich von uns dadurch, daß sie rauchen und Bier trinken.

Jetzt kommen die Vorschriften. Man darf nicht denken, daß man einfach drauflos wandert und in eine Jugendherberge hineingeht und spricht: Wir wollen hier schlafen. Wer das denkt, verfällt in mehrere Irrtümer. Denn wenn man in eine Jugendherberge will, muß man sich am besten ein Jahr vorher anmelden. Wenn wir zum Beispiel in die Jugendherberge Wassermühle möchten, dann müssen wir dorthin eine Weihnachtskarte schicken und fragen, ob es geht. Die Antwort lautet, es geht am 17. und 18. Juli. Jetzt muß man berechnen, wie weit man wandert und welche anderen Jugendherbergen wir heimsuchen. Deshalb schreibt man an die Jugendherberge „Zum Schwarzen See" mit der Bitte, ob wir vielleicht am 19. und 20. Juli dort übernachten können. Meistens klappt es nicht, und so muß man einen anderen Wanderweg suchen, sagen wir zum „Fichtelhaus". Wenn jetzt das „Fichtelhaus" schreibt, es geht nicht am 19. und 20., sondern erst am 22. und 23. Juli, dann ist das schon ein Fortschritt. Man muß jetzt nur noch herauskriegen, wo wir zwischendurch schlafen, und man kann zum Beispiel an die Schule in Bachhausen schreiben. Wenn jetzt der Herr Direktor antwortet, daß es nicht geht, weil die Schule in den Ferien renoviert wird, muß man nicht gleich die Flinten ins Korn schmeißen, sondern noch einmal an die „Wassermühle" schreiben, ob es sich am 24. und 25. Juli einrichten läßt. Manchmal klappt es, und die Antwortet lautet, wir sollen mit einer Wandergruppe in Magdeburg tauschen, und das beste wird sein, wir schreiben sie selbst an. Und so geht das weiter.

Deshalb muß man sich so früh wie möglich anmelden. Für diese schwere Arbeit ist unser Herr Lehrer Kurz angestellt. Dafür darf er zwischendurch einmal zur Kur oder in ein Lehrererholungsheim. Wenn wir auf Wanderschaft fahren, nehmen wir vorsichtshalber Zelte und junge Sanitäter mit. Denn man weiß nicht, ob andere Wandergruppen auch so prognostisch denken, auch sagt unser Herr Burschelmann immer, er hat schon gesehen, wie sich Pferde vor einer Apotheke übergeben mußten, was soviel heißt: es kann alles passieren.

Jetzt noch ein paar Vorschriften. Eine Jugendherberge ist eingeteilt in Knaben- und Mädchengemächer. Auch die Erwachsenen schlafen mit getrennten Geschlechtern. Das muß so sein. Einmal waren wir in der Jugendherberge „Pilzgrund". Wir haben gerade auf dem Hof Kartoffeln geschält, als eine neue Gruppe ankam. Sie wurde gleich eingeteilt, die Knaben nach links und die Mädchen nach rechts. Jetzt fragte ein Herr mit kurzen Hosen, ob er mit seiner Verlobten in das kleine Zimmerchen darf. Die Frau Herbergsmutter sprach: Das kleine Zimmerchen ist für Kranke, und es ist gegen die Vorschrift. Der Herr mit der kurzen Hose antwortete, daß es doch leer ist, und wenn was passiert, dann zieht er mit seiner Verlobten gleich aus. Die Herbergsmutter entgegnete wieder, daß es gegen die Vorschrift ist, und sie kann auch nicht riechen, wer hier wirklich ein verlobtes Paar ist. Die Frau Verlobte hat sich jetzt mächtig an den Herrn geschmiert, damit alle sehen, wie sie sich lieben. Aber es hat nichts genutzt, weil es gegen die Vorschrift ist. Deshalb soll man niemals ein verliebtes Paar auf eine Jugendherberge loslassen, sondern nur verheiratete Paare. Und sie sind nicht so wild auf ein Extrazimmer, weil sie sich alle Tage genug sehen.

Es gibt noch andere Erlebnisse und Aufregungen. Zum Beispiel muß man wissen, ob alle das Herbergsessen essen und ob es der Magen mag. Einmal war unser Fräulein Bella Kohl mit uns. Es gab Kartoffelsuppe. Sie sprach, daß ihr diese nicht bekommt, und ist in ein Gasthaus gegangen. Jetzt entdeckte unser Herr Luschmil auch seinen kranken Magen und ist mitgegangen. Als sie wiederkamen, erzählten sie von einem schönen saftigen Schnitzel, und es kostete bloß

2,40 Mark. Aber unser Herr Burschelmann, welcher mit uns um die Wette gegessen hat, sagte bloß, über das Schnitzel wird er später noch einmal sprechen. Seitdem sind Fräulein Bella Kohl und der Herr Luschmil nicht mehr mitgewandert; denn man muß Rücksicht auf ihren kranken Magen nehmen.

Auch ist es Vorschrift, in der Nacht zu schlafen. Es kann aber auch passieren, daß gerade ein Musikangzambel in der Herberge übernachtet und ein Konzert gibt, zum Beispiel aus Sternchen und Kofferheulen. Manche singen dazu englisch oder chinesisch oder auch bloß sächsisch oder berlinisch oder auch nur tutäteiteibäbä oder in einer ähnlichen Babysprache. Dazu muß man trampeln und quietschen. Deshalb sagte unser Pionierleiter zu dem Herrn Angzambelleiter: „Lieber Jugendfreund, die Kinder wollen oben schlafen." Und der Herr Angzambelleiter antwortete: „Lieber Opa, erzähl ihnen ein Märchen, dann schlafen sie besser ein." Und das Konzert ging weiter, weil an diesem Abend die Herbergseltern gerade einmal im Kino waren.

Als unser Pilei die Antwort mitteilte, sagte mein Freund Harald zu mir, man muß was unternehmen. Ich sprach, daß wir gleich anfangen. Wir nahmen ein paar Gefäße und eine Taschenlampe und schlichen hinaus. In das eine Gefäß sammelten wir Kletten und in das andere Frösche, welche wir am Tage in einem Loch hocken sahen. Dann verteilten wir sie in die

Betten der tanzenden Sänger. Danach drehten wir die Sicherungen raus und versteckten sie. Erst gab es ein großes Geschimpfe, aber die meisten gingen gleich in ihre Zimmer. Ein bißchen später hörten wir sie noch ein paarmal fürchterlich schreien und quietschen. Wir schraubten die Sicherungen wieder ein, und es hat uns niemand entdeckt.

Am nächsten Tag bekamen die lauten Musikfreunde einen Herbergsverweis und mein Freund Harald und ich den Auftrag, die Herberge nebst Betten wieder sauberzumachen. Denn es ist Vorschrift, Kletten und Frösche in der Natur zu lassen.

Sollen Eltern und Lehrer sich streiten

Jeder Tag in der Schule bringt neue Erlebnisse. So kann man zum Beispiel die Freuden eines Schülers gar nicht alle aufzählen, so viel gibt es. Die Leiden dagegen sind selten, und ein Vorzug besteht darin, daß im Gehirn eines leidenden Knaben oder Mädchens so was wie ein Putzmännchen arbeitet, welches mit der Zeit die schlechten Erinnerungen ausradiert, und übrig bleiben nur die guten. Deshalb sagen viele Erwachsene: Die Schulzeit war doch am schönsten!

Trotzdem ist es vielleicht nicht verkehrt, wenn man

einmal untersucht, was eigentlich Leiden schafft. Ganz bestimmt schafft die Streitsucht mancher Eltern Leiden, wenn sie sich wegen jeder Kleinigkeit beim Lehrer beschweren und ihre Lieblinge verteidigen. Ich werde das jetzt an einem Vorkommnis beschreiben: Da hat zum Beispiel das Fräulein Bella Kohl die Angewohnheit, so oft es geht, uns Aufsätze aufzugeben. Die Themen lauten meistens: Wie soll ich mich im Unterricht benehmen? Warum muß ich Disziplin halten? Und ähnliche. Diese Themen wiederholen sich. Einmal muß die ganze Klasse solch einen Aufsatz schreiben, ein andermal nur einzelne Schüler, je nachdem. Da unser Fräulein Bella Kohl in drei Klassen unterrichtet, muß sie jeden Tag ein ganz schönes Paket Aufsätze mit nach Hause nehmen.

Mir machen solche Aufsätze nichts aus, denn ich bin schon darauf eingestellt und habe mir von jedem Thema eine Abschrift angefertigt. Wenn ich Zeit habe, schreibe ich einige Exemplare voraus, und es macht mir keine Schwierigkeiten, dem Fräulein Bella Kohl das gewünschte Thema zu überreichen. Dazu laß ich die Augendeckel runterfallen und die Lippen ein bißchen hängen, damit ich reuevoll aussehe.

Aber da gibt es doch einige Bekloppte in unserer Klasse, die ihre Arbeit nicht so rationalisiert haben. So geschah vorige Woche folgendes: Der Pillenheini hatte eine Frage überhört, weil er gerade mit Popeln beschäftigt war. Das Fräulein Bella Kohl gab ihm deshalb das Thema auf: „Warum muß ich im Unterricht aufpassen?“ Und der Aufsatz ist bis morgen abzuliefern! Dem Pillenheini paßte das wohl nicht, und er meckerte zu Hause. Da schrieb sein Vater ins Heft: „Meines Wissens sind Strafarbeiten nicht erlaubt, und es kann durchaus vorkommen, daß man eine Frage überhört. Darum verbot ich meinem Sohn, diesen Aufsatz zu schreiben.“

Der Pillenheini zeigte uns diesen Satz und meinte, sein Vater hat es der Lehrerin gegeben. Und er überreichte dem Fräulein Bella Kohl mit Grinsen sein Heft. Das Fräulein Bella Kohl wurde ganz rot, klappte das Heft zu und nach einer Weile wieder auf und schrieb auch etwas hinein und sagte, der Pillenheini soll das Heft seinem Vater vorlegen. In der Pause konnten wir darin lesen: „Es handelt sich nicht um eine Strafarbeit, sondern um eine pädagogische Maßnahme und Übung, auf deren Einhaltung ich bestehe.“ Mein Freund Harald meinte dazu, die Lehrerin hat Recht, und ich ergänzte: „Soviel Blödheit kann man gar nicht streng genug bestrafen!“ Der Pillenheini verzog seinen breiten Mund bis zu den Ohren und entgegnete dämlich: „Die wird schon sehen, was jetzt passiert.“

Nachdem der rechthaberische Vater zurückschrieb, daß er sich beim Minister beschweren wird, bekam der Pillenheini vom Fräulein Bella Kohl den Auftrag, seinem Vater zu bestellen, daß er bitte mal zur Schule kommen möchte. Bis dahin hat sich der Pillenheini mächtig zusammengerissen und getan, als wenn er jetzt der bravste Schüler der Welt wäre. Aber das war bloß Scheinheiligkeit.

Ich weiß nicht, wie der Vaterbesuch ausgegangen ist. Aber schon am nächsten Tag erzählte der Pillenheini, sein Vater hat es dem Fräulein Bella Kohl gegeben, und die Lehrerin mußte sich bei ihm entschuldigen. Ich glaubte dem Angeber kein Wort und sagte, wir werden ja sehen, wer sich zuletzt entschuldigt, und habe ihm als Vorkost erst mal einen leichten Rechtsausleger verpaßt, so daß die Großklappe gleich umfiel. Darauf weinte der Pillenheini, und weil gerade wieder eine Stunde mit dem Fräulein Bella Kohl begann, erkundigte es sich, was vorgefallen ist. Und so bekam ich einen neuen Aufsatz mit dem Thema: „Wie ich mich meinen Mitschülern gegenüber zu benehmen habe."

Mir war es recht, und weil das Thema schon einmal dran war, erledigte ich es wie einen Klacks. Auch mein Freund Harald und einige andere bekamen einen Aufsatz auf, weil sie grinsten. Da merkte ich, daß mein Freund Harald noch rationalisierter ist als ich. Er schrieb nur die erste Seite. Dann riß er zwei Seiten aus einem alten Aufsatzheft raus, hängte sie dran und schrieb auf die vierte Seite den schönen Gedanken: „Darum darf ich nicht zusehen, wie der liebe Pillenheini Senge bekommt, sondern muß auch etwas für die Freundschaft und die Rechte der Kinder in der Welt tun.“ Das Fräulein Bella Kohl blätterte, las den letzten Satz und lobte den Harald wegen seines Fleißes und sagte, das wird ihm eine Lehre sein.

Das war auch für mich eine Lehre, und von jetzt ab schmeiß ich kein altes Heft mehr weg. Ärger gibt es deswegen keinen, denn wir wissen, daß unser Fräulein Bella Kohl gar nicht die Zeit hat, die vielen Aufsätze zu lesen. Ärger gibt es nur wegen solch einem Blödmann wie Pillenheini und seinem Vater. Hätte er sich nicht eingemischt, dann hätte das Fräulein Bella Kohl sich nicht aufregen müssen, und alles wäre normal und ruhig verlaufen.

Auch ich möchte noch einmal bei diesem Beispiel bleiben und schildern, wie unser Herr Burschelmann mit solchen Vorkommnissen fertig wird.

Es begab sich, daß eines Tages der Herr Burschelmann zum langen Schücht sagen mußte: „He, du sitzt wohl auf deinen Ohren?“ Der Penner Schücht war gleich wach geworden und antwortete: „Nein.“ Da mußte der Herr Burschelmann einsehen, daß er nicht recht hatte. Denn die Ohren des langen Schücht saßen genau noch an seinem Rübenkopf wie vorher.

Wenn jetzt der lange Schücht empfindlich wäre, hätte er diesen Vorfall seinem Vater melden müssen. Und dieser hätte schreiben können, daß bei seinem Sohn die Ohren nicht am Hintern angewachsen sind, und er ist eine gesunde Geburt. Deshalb ist die Frage vom Herrn Burschelmann eine Beleidigung. Und der Herr Burschelmann hätte darauf antworten müssen, das ist keine Beleidigung, sondern eine pädagogische Maßnahme, und er besteht darauf, daß der lange Schücht nicht auf den Ohren sitzt! Und der Schücht hätte jetzt sagen können, sein Vater wird dem Herrn Burschelmann schon zeigen, wo die Ohren sitzen. Und der Vater vom langen Schücht wäre in die Schule gekommen und hätte so lange das Gesäß von seinem Sohn vorgezeigt, bis der Herr Burschelmann sich auch entschuldigt.

Aber das ist natürlich alles Spinne, denn mit dem Herrn Burschelmann legt sich keiner gern an. Das kommt vielleicht daher, weil er ein richtiges Streitroß ist und sich freut, wenn sich die Eltern in Versammlungen mit ihm streiten.

Wofür ich mich entschuldigen möchte

Meine Eltern sagten immer, wenn ich etwas angestellt habe, das andere nicht so erfreute, entschuldige dich wenigstens. Naja, manchmal tat ich es, damit sich die Eltern wieder beruhigten. Doch als die große Wende von der Deutschen Demokratischen Republik zur noch deutscheren demokratischeren Bundesrepublik eintrat, vermehrten sich die Entschuldigungssüchtigen wie Giftpilze. Es macht mir nichts aus, mich bei allen zu entschuldigen, denen ich ein Leids angetan habe.

Erstens entschuldige ich mich bei meinen Eltern, weil ich bei ihrer Wahl nicht wachsam genug war. Warum mußte ich gerade in das Sperma eines Vaters geraten, welches rot war. Warum mußte gerade mir das passieren. Es gab doch soviel Spermen im geteilten Deutschland. Ich hätte ebenso gut in einem anderen Befruchtungstropfen stecken können. Dann wäre ich heute vielleicht ein Bayer oder Niedersachse oder Schwabe oder Ostfriese. Deshalb bekenne ich mich schuldig, seit meiner Geburt zu *elternnah* aufgewachsen zu sein.

Zweitens entschuldige ich mich bei meinen Lehrern und anderen Erziehungspersönlichkeiten, weil ich mich überreden ließ, ein Pionier zu werden. Ich war wie verrückt auf das blaue Halstuch, weil es drei Ecken hatte. Sie hießen Elternhaus, Schule und Pionierorganisation. Hätte es eine vierte Ecke gegeben, zum Beispiel Kirche, dann wäre mein Vater vielleicht Pfarrer geworden und als solcher ein ganz hoher Politiker.

Warum hab ich Blödmann das nicht vorausgesehen? Vater würde heute anders dastehen und könnte sagen: Der Marx und der Lenin sind tot, aber mit den Diäten kann ich leben, und zwar besser als ein Arbeitsloser. Wenn ich als Pionier nicht so fröhlich gewesen wäre und nicht mitgesungen hätte, wie es vorgeschrieben war, dann könnte ich mich heute Widerstandskämpfer gegen die Pioniergewalt nennen. Das tat ich nicht. Deshalb bekenne ich mich schuldig, zu *pioniernah* aufgewachsen zu sein.

Drittens bekenne ich mich schuldig, daß ich mit den Lehrern ganz gut auskam, auch wenn sie mich oft tadelten und meine Durchschnittszensur versauten. Deshalb erfand ich die Losung „Lernen, lernen, lernen und nochmals lernen". Einige rückständige Lehrer meinten zwar, diese Losung sei falsch, der Genosse Lenin hat nur dreimal lernen gesagt. Ich antwortete, wenn der Genosse Lenin unsere Klasse gekannt hätte, dann hätte er fünfmal lernen gesagt. Aber die meisten Lehrer mit Herrn Burschelmann an der Spitze standen auf meiner Seite.

Auch trat ich für mehr Orden und Auszeichnungen ein. Wie stolz war der Schweine-Sigi, als ich ihn einmal für ein „Bienchen" vorschlug, weil er fünf Minuten stillsitzen konnte. Ich hatte ihn auch zum Vaterländischen Verdienstorden vorgeschlagen, kam aber nicht durch, weil ihn der Herr Direktor noch nicht hatte. Ich entschuldige mich deshalb, weil ich zu *schul-* und *ordensnah* war.

Viertens. Auch bei einigen Lehrern muß ich mich entschuldigen. Beim Herrn Burschelmann, weil er so brummig und gerecht ist und mich dauernd gegen rechthaberische Lehrer verteidigen mußte. Beim Fräulein Heidenröslein, weil ich sie ganz prima finde, ihr aber noch keinen Heiratsantrag machte. Jetzt ist es vielleicht schon zu spät. Bei der Frau Seidenschnur, die mich seit der 1. Klasse immer noch Jungchen nennt, und ich nicht Oma zu ihr sage, worauf sie bestimmt wartet. Bei den anderen entschuldige ich mich später, wenn sie sich ganz umgewandelt haben und von mir sagen, ich war wirklich ein braver Schüler, auch wenn ich ihnen manchmal zu nahe trat. *Lehrernähe* war schon immer meine starke Seite, wofür ich mich ebenfalls entschuldigen möchte.

Jetzt nach der Wende denke ich darüber nach, wie ich mich noch positiver wenden kann. Mal sehen, was anliegt. Eins weiß ich: ein kreuzbraver Schüler wird aus mir nicht. Deshalb bin ich froh, daß mein Vater kein Bayer ist.

Auf zu neuen Höhepunkten

Schade, daß es jetzt keine richtigen Höhepunkte in unserem Schulleben mehr gibt. Wenn ich daran denke, wie wir früher von Höhepunkt zu Höhepunkt geschritten sind, da wußten wir, was auf uns zukommt, nämlich der nächste Höhcpunkt, und wir konnten abrechnen und stolze Bilanzen ziehen.

Nehmen wir als Beispiel die Timurhilfe. Wir haben alten und kranken Leuten geholfen, gingen für sie einkaufen, haben sogar Reinigungen und Spülungen bei ihnen durchgeführt und dabei auch manchmal eine Tasse oder einen Teller zerkloppt. Auch hilflosen Personen haben wir auf die Beine geholfen. Einmal haben wir sogar Geburtshilfe geleistet. Ich war gerade mit dem Schweine-Sigi unterwegs, da kam uns die brave Bärbel entgegengerannt und sagte ganz aufgeregt: „Kommt schnell, wir müssen was tun, Frau Löwenbein wimmert."

„Da haben wir die Bescherung", sagte der Schweine-Sigi. „Ihr Alter ist auf Montage, und kein Aas ist bei ihr." Wir gaben der Bärbel den Auftrag, schnell das Krankenhaus oder die Feuerwehr anzurufen. Die Frau Löwenbein ging ganz krumm durch das Zimmer. Ich kontrollierte mit der Uhr die Wehen und sagte öfter „schön durchatmen", während der Schweine-Sigi vorsichtshalber schon einen großen Topf für heißes Wasser aufsetzte. Er meinte, mehr kann er vorläufig nicht tun. Aber zum Glück kam der Krankenwagen gleich, und die Frau Doktor sagte, wir sind gut.

Aber kein Aas hat diese Timurtat hervorgehoben, nicht in der Schule und nicht in der Zeitung. Schade. Nur der Herr Burschelmann meinte, als er später davon erfuhr: „Eigentlich hättet ihr dafür den Vaterorden verdient!" Ich schaute den Schweine-Sigi an, aber der sagte, er war es nicht.

Timurhilfe gibt es nicht mehr. Mein Freund Harald meinte, wir könnten ja eine Helmuthilfe als neuen Höhepunkt organisieren. Aber da fragen vielleicht viele, wer ist das? Ich kenne auch kein Buch, in welchem Helmut und sein Trupp beschrieben ist.

Oder nehmen wir SERO, heute heißt es Riseigling oder so. Unsere Klasse stand an der Spitze, besonders in der Flaschensammlung. Wir haben eine Liste mit den größten Säufern aufgestellt und erforscht, wann und wo Hochzeiten und andere Besäufnisse stattfinden. Das hat sich gelohnt. Da konnten wir unsere Klassenkasse aufbessern. Nach jeder Sammlung schrie meine Mutter: „Wie du wieder aussiehst! Ich kann nur waschen, waschen, waschen!"

Mein Vater hatte mehr Verständnis dafür. Er ist nämlich auch ein Allessammler, weil er denkt, alles kann man einmal brauchen. Deshalb findet er sich nicht mehr in seinem Keller zurecht, wo er alle Fundsachen, zum Beispiel Schrauben, Federn, kaputte Staubsauger, Lampen, Kanonenöfchen und so was aufbewahrt. Auch eine verrostete Jauchepumpe ohne Dichtung lag unter dem Gerümpel. Ich habe sie entrostet, schön rot, gelb und schwarz angestrichen und auf den Flohmarkt mitgenommen. Vater war einer der besten Einkäufer. Als er die Pumpe sah, rief er, die nehme ich. So kam es, daß er für 20 Mark seine alte Pumpe wieder kaufte.

Die neue Zeit, denke ich, braucht auch Höhepunkte. Zum Beispiel Sportfeste. Wir könnten dann die neue Frau Minister für Jugend und Sport einladen, welche als Kind sogar radfahren konnte. Die Frau Schubert, oder wie sie heißt, könnte auf der Tribüne neben Katarina Witt und anderen Politikern stehen und winken. Ich glaube nämlich, die Frau Minister versteht was von Sport, wie unsere dicke Mia. Als die Mia einmal bei einem 1000-Meter-Lauf zugeschaut hatte, fragte sie: „Warum rennen die denn so?" Ich antwortete: „Der Erste kriegt doch einen Preis, du Doofe!" Worauf die Mia wiederum fragte: „Und warum rennen dann die anderen noch mit?" Solche Minister brauchen wir in der neuen Zeit, man sagt, sie sind kompetent.

Ein anderer Höhepunkt könnte der Heilige Vatertag sein. Wir Schüler würden dann an der Straße Spalier stehen und die besoffenen Herrn mit selbstgemalten Transparenten begrüßen, zum Beispiel mit Sprüchen wie: „Es lebe der Schnaps und das Bier, ein einig Volk sind wir!" So eine Demo wäre auch was Neues.

Als Höhepunkt in der Schule könnte ich mir auch einen Tag der Sex-Bereitschaft denken. Zum Beispiel könnte man Wandzeitungen mit Sexfotos erstellen, dazu Beschreibungen mit der Frage: „Was sagt uns dieses Bild?" Da würden manche Eltern staunen, was ihre Kinder schon wissen. Man könnte für die älteren Schüler auch Lehrvorführungen mit Kondomen organisieren zum Thema, wie halte ich meinen Körper rein. Schweine-Sigi hat sich schon bereit erklärt, seine Deutsche Langohrzippe nebst Karnickelbock mitzubringen, um so zur Aufklärung über Aids beizutragen.

Ein besonderer Höhepunkt könnte die Wahl von Models sein, wovon Schülerinnen der 10. Klasse schwärmen. Die Schüry müßte dann Brust-, Bauch- und Hüftumfang und andere Auswuchtungen messen. Wenn mehrere gleich schön sind, entscheidet eine Prüfung in Deutsch, Mathematik, Physik, Chemie, Geschichte, Biologie, Geographie und schönem Gang. Aber das zählt, glaube ich, nicht. Models können ruhig doof sein. Sonst würde ich auf die alte Frau Seidenschnur als Topmodel tippen.

Weil aber nicht alle von Geburt aus schön sein können, schlug ich vor: „Wie wär's mit einer Wahl der Widerspenstigsten an unserer Schule?"

Schweine-Sigi meinte: „Wozu wählen? Da kämen doch nur du und der Herr Burschelmann in Frage." Wo der Sigi recht hat, da hat er recht. Wer wählt schon gern Widerspenstige? In einer richtigen Demokratie braucht man nur Spenstige.

Ein Schulaufsatz

Der Bundeskanzler muß eine bescheidene Person sein. Er darf nicht überschnappen oder unterschnappen, nicht zu viel Gorbatschows trinken, weil davon die Gehirnzellen angegriffen werden. Auch im Essen muß er sich mäßigen, um den Armen und Schwachen ein Vorbild zu sein. Männerfreundschaften sollte er vorsichtig genießen und dem Herrn Gauck sowie Aids keine Chance geben. Er darf nicht jede Frau, die ihm gefällt, zur Ministerin machen, ohne seine Frau und andere Ministergattinnen vorher zu fragen. Wenn diese sagen, die ist doch viel zu jung für ihn, und wie die rumläuft, dann muß der Kanzler aufhorchen.

Der Kanzler muß den Frieden lieben und sich nicht einmischen, wenn es brennt. Deshalb sollte er die Soldaten mit Kerzen und nicht mit Waffen ausrüsten. Er kann auch Nußknacker aus dem Erzgebirge als Friedenswächter aufstellen, wodurch er der Heimindustrie neuen Aufschwung verleiht.

Der Kanzler darf keine Herren über sich und keine unter sich dulden, das ist schon in der Bibel beschrieben. Wenn er durch blühende Landschaften fährt und sich im Volk baden will, muß er sich ordentlich anziehen und FKK-Strände meiden. Auch Geschenke darf er nicht annehmen, auch nicht von ausländischen Präsidenten, Zaren, Ölscheichs und anderen freien Demokraten. Er darf zum Beispiel einen Nazi-General nicht mit Klaus Störtebecker oder die Frau Breuel mit Mutter Teresa verwechseln, auch wenn er als späte Geburt nicht alles wissen kann, sonst bestrafen ihn die noch späteren Nachgeburten. Ein Kanzler muß auch cool sein und nicht gleich losschimpfen, wenn er rote Radieschen oder rote Ampeln oder rote Socken sieht, sonst denken die Leute, der hat aber schwache Nerven.

Ein deutscher Kanzler muß auch nicht alles nachmachen, was andere Staatsmänner tun. Wenn zum Beispiel ein amerikanischer Präsident laut schreit „Ich bin ein Berliner“ oder „Ich bin ein Ire“, dann glaubt ihm das sowieso keiner. Wenn aber ein deutscher Kanzler in Paris riefe „Ich bin ein Pariser“, dann würden sich alle Franzosen kaputtlachen. Deshalb darf sich ein deutscher Kanzler im Ausland nicht lächerlich machen. Zu Hause ja, weil die Deutschen nicht auf so einem hohen Lachniveau stehen, mehr auf Gaudimax, Fasching und so.

Und zum Schluß das Wichtigste: Ein deutscher Kanzler darf nicht denken, daß Deutschland nur den Deutschen gehört wie Indien den Indianern, sondern in diesem unserem Land sollen sich alle wie zu Hause fühlen, wie in einem Freudenhaus ohne Stunk und Vergewaltigung. Deshalb muß der Kanzler für Frieden und Völkerfreundschaft immer bereit sein.

Leider wurde mein Aufsatz nur mit einer Fünf minus bewertet, weil ich keine persönlichen Schlußfolgerungen daraus gezogen habe. Wozu? Ich will doch kein Kanzler werden.

Inhalt